今天看書，明天出發！去日本趴趴走的日語帳

上原小百合 著

聯想50音 + 實用單字 + 會話短句 + 萬用句型

山田社
Shan Tian She

前言
Preface

現在到日本，只需要以前的 69 折價錢。
旅遊日本，就趁現在喔！

到日本，可以：北海道旅遊、東京自由行，京都賞楓…。到日本，也可以：邊玩邊收集日本小廣告，邊玩邊看邊投資，參拜求姻緣最靈驗的神社，五天三球高爾夫盡情揮桿之旅，享受中途下車的驚喜樂趣，吃遍在地鮮食與精緻料理…。

出國玩樂，就要跟日本人說說話，
為了旅遊咖的您，我們一次整理，日本旅遊熱門單字、會話、句型，
透過輕鬆篩選，精簡濃縮，讓您翻開就說，玩翻日本！

本書內容有：

■ 50 音聯想法，讓您秒記 50 音

還以為 50 音很難嗎？本書用活潑、有趣的方式，從日語怎麼來的開始介紹，再用聯想法幫助您秒記 50 音。學完每組假名，還有習字帖練習、相關單字大放送，簡單精彩，馬上入門！

■ 話題 x 關鍵單字，最少量最實用

輕鬆篩選了最少量，但最實用的旅遊單字，舉凡美食、服飾、隨身配件、交通工具…等，都會是您所需要的關鍵單字！此外，還附加背單字的小祕訣，話題單字馬上進到腦袋裡！

■用這些旅遊短句，就能玩翻天

出國遊玩就要大方、輕鬆地跟日本人講講話。書中準備了少量但超實用的句子，這些就夠您玩翻日本了。裡面有：到日本飯店住宿，入退房及要求客服的日語；到餐廳用餐，或挑戰路邊攤平價美食，點餐、結帳的日語；大採購藥妝、日系品牌服飾、食品，為親戚五十帶的伴手禮或紀念品，血拼用的日語；邊體驗 SPA 邊說的日語；非去不可的景點觀光，主題樂園遊玩的旅遊短句，就是要您好記、馬上用。

■中文拼音＋羅馬拼音，瞬間說日語

貼心標示中文拼音＋羅馬拼音，讓您日文不通也大丈夫，瞬間開口說日語。

■精選「萬用句型 x 替換單字」加碼送

想知道日本人每天都在說哪些日語句型嗎？本書加碼收錄常用基本句型，只要在空格填上替換單字，馬上變成自己想說的話了！

目錄
Contents

1

日語好簡單

1. 日本文字

　　為什麼說我們有學日語的優勢呢？首先，日本漢字是由中國傳入的，再加上歷史背景的關係，許多老一輩的台灣人都會說日語！當然，還有這一、二十年一波波的哈日風潮等等，都深深地影響到我們的語言跟生活文化。也因為這樣，到日本旅遊看到招牌或告示，一個個最具親切感的漢字，讓沒學過日語的人，即使用猜的，也都能猜個八九不離十！

　　另外，大家都說學日語要先背「50音」，也就是「清音表」。但眼尖的讀者只要仔細算一下，就會發現清音只有45個（驚喜）！原來，現在50音表，已刪去了重複的假名，還有現代日語不使用的假名啦！

Point 1 日語假名表中，橫列叫作「行」：

| 母音假名 | | 「あ行」＝あ、い、う、え、お |
| 子音＋母音假名 | | 「か行」＝か、き、く、け、こ |

　　　　　　　　　　　　　　　　　　　　……以此類推

Point 2 日語假名表中，直列叫作「段」：

| 母音是 [a] 的假名 | | 「あ段」＝あ、か、さ、た、な、は、ま、や、ら、わ |

　　　　　　　　　　　　　　　　　　　　……以此類推

勉強を楽しむ　　Have a nice trip!　　旅に行こう！

② ・ 五十音表

清音表、撥音

	あ（ア）段	い（イ）段	う（ウ）段	え（エ）段	お（オ）段
あ（ア）行	あ（ア）a	い（イ）i	う（ウ）u	え（エ）e	お（オ）o
か（カ）行	か（カ）ka	き（キ）ki	く（ク）ku	け（ケ）ke	こ（コ）ko
さ（サ）行	さ（サ）sa	し（シ）shi	す（ス）su	せ（セ）se	そ（ソ）so
た（タ）行	た（タ）ta	ち（チ）chi	つ（ツ）tsu	て（テ）te	と（ト）to
な（ナ）行	な（ナ）na	に（ニ）ni	ぬ（ヌ）nu	ね（ネ）ne	の（ノ）no
は（ハ）行	は（ハ）ha	ひ（ヒ）hi	ふ（フ）fu	へ（ヘ）he	ほ（ホ）ho
ま（マ）行	ま（マ）ma	み（ミ）mi	む（ム）mu	め（メ）me	も（モ）mo
や（ヤ）行	や（ヤ）ya		ゆ（ユ）yu		よ（ヨ）yo
ら（ラ）行	ら（ラ）ra	り（リ）ri	る（ル）ru	れ（レ）re	ろ（ロ）ro
わ（ワ）行	わ（ワ）wa				を（ヲ）o
撥音					ん（ン）n

早中晩共 CHECK 三次　Check ❶○　Check ❷○　Check ❸○　您就是旅日達人！

11

濁音、半濁音表

　　當你注意到「か行、さ行、た行、は行」假名右上方多了兩點，千萬別以為是印刷錯誤，其實那就是傳説中的「濁音」喔！

　　如果看到「は行」假名右上方打了小圈，絕對沒認錯，就是「半濁音」本人啦！

	あ（ア）段	い（イ）段	う（ウ）段	え（エ）段	お（オ）段
が（ガ）行	が（ガ）ga	ぎ（ギ）gi	ぐ（グ）gu	げ（ゲ）ge	ご（ゴ）go
ざ（ザ）行	ざ（ザ）za	じ（ジ）ji	ず（ズ）zu	ぜ（ゼ）ze	ぞ（ゾ）zo
だ（ダ）行	だ（ダ）da	ぢ（ヂ）ji	づ（ヅ）zu	で（デ）de	ど（ド）do
ば（バ）行	ば（バ）ba	び（ビ）bi	ぶ（ブ）bu	べ（ベ）be	ぼ（ボ）bo

	あ（ア）段	い（イ）段	う（ウ）段	え（エ）段	お（オ）段
ぱ（パ）行	ぱ（パ）pa	ぴ（ピ）pi	ぷ（プ）pu	ぺ（ペ）pe	ぽ（ポ）po

拗音表

きゃ（キャ）kya	きゅ（キュ）kyu	きょ（キョ）kyo
ぎゃ（ギャ）gya	ぎゅ（ギュ）gyu	ぎょ（ギョ）gyo
しゃ（シャ）sha	しゅ（シュ）shu	しょ（ショ）sho
じゃ（ジャ）ja	じゅ（ジュ）ju	じょ（ジョ）jo
ちゃ（チャ）cha	ちゅ（チュ）chu	ちょ（チョ）cho
ぢゃ（ヂャ）ja	ぢゅ（ヂュ）ju	ぢょ（ヂョ）jo
にゃ（ニャ）nya	にゅ（ニュ）nyu	にょ（ニョ）nyo
ひゃ（ヒャ）hya	ひゅ（ヒュ）hyu	ひょ（ヒョ）hyo
びゃ（ビャ）bya	びゅ（ビュ）byu	びょ（ビョ）byo
ぴゃ（ピャ）pya	ぴゅ（ピュ）pyu	ぴょ（ピョ）pyo
みゃ（ミャ）mya	みゅ（ミュ）myu	みょ（ミョ）myo
りゃ（リャ）rya	りゅ（リュ）ryu	りょ（リョ）ryo

早中晩共 CHECK 三次　　Check ❶○　Check ❷○　Check ❸○　您就是旅日達人！

③ · 日本文字怎麼構成的

　　現代日語主要由漢字、平假名和片假名所構成的。據研究，日本漢字最早是在一世紀左右從中國傳入。日本在引進漢字以前，一直沒有自己的文字，只有發音。當時日本人可是費盡心思，把漢字變成自己的文字喔！

　　不過，漢字筆畫繁多，為了方便起見，日本學者利用中國漢字造了日語的字母。這樣，「日語字母─假名」便誕生囉！那麼，究竟日文假名是怎麼由漢字演變而來呢？讓我們繼續看下去。

平假名

　　「平假名」是來自於中國漢字的草書，一般表記的是日本原有的字彙及為漢字標音。

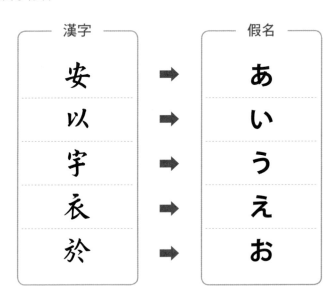

漢字		假名
安	➡	あ
以	➡	い
宇	➡	う
衣	➡	え
於	➡	お

1

片假名

「片假名」是取自中國漢字楷書的一部分（一片）造成的字母，一般表記外來語及擬聲擬態。

漢字		假名
阿	➡	ア
伊	➡	イ
宇	➡	ウ
江	➡	エ
於	➡	オ

4・日本跟中文不同的地方

語順不一樣

　　中文句子的排列順序主要是「主詞＋動詞＋受詞」。但是，日語的動詞一般會在句子的最後面，排列順序主要是「主詞＋受詞＋動詞」。

主詞＋受詞＋動詞

我喜歡電視劇。

我	×	電視劇	×	喜歡
wa.ta.shi	wa	do.ra.ma	ga	su.ki.de.su
私	は	ドラマ	が	好きです。
哇.它.西	哇	都.拉.媽	嘎	酥.克伊.爹.酥

主詞＋受詞＋動詞

我看電影。

我	×	電影	×	看
wa.ta.shi	wa	e.e.ga	o	mi.ma.su
私	は	映画	を	見ます。
哇.它.西	哇	耶.～.嘎	歐	咪.媽.酥

❶

日語有助詞

　　日語的主詞跟受詞後面通常會接助詞，但中文並不需要助詞。主詞如左頁例句的「私 [wa.ta.shi]」，受詞如左頁例句的「ドラマ [do.ra.ma]、映画 [e.e.ga]」。

會變化的用言

　　日語分體言跟用言，體言是指可以當主語，不會產生活用變化的詞彙，例如：名詞、代名詞。體言可以單獨存在；用言是指可以當述語，語尾會因為意義而產生活用變化的詞彙，例如：動詞、形容詞、助動詞。

分體言和用言

體言	名詞（如「ご飯 [go.ha.n] ／飯」）、代名詞（如「私 [wa.ta.shi]」／我）
用言	動詞（如「食べる [ta.be.ru]」／吃）、形容詞（如「かわいい [ka.wa.i.i]」／可愛的）、形容動詞（如「有名 [yu.u.me.e]」／有名）

★ 主語：指在句中，被當作主角的人或事物，也就是被敘述的對象。例如，「我吃飯」的「我」，就是這句話的主語。

★ 述語：指在句中，對主語所發生的事情，作說明、描寫的部分。例如，「我吃飯」的「吃飯」，就是這句話的述語。

早中晚共 CHECK 三次　　Check ❶○　　Check ❷○　　Check ❸○　　您就是旅日達人！

現在形

我吃飯。

我	×	飯	×	吃
wa.ta.shi	wa	go.ha.n	o	ta.be.ma.su
私	は	ご飯	を	食べます。
哇.它.西	哇	勹.哈.恩	歐	它.貝.媽.酥

（わたし）（はん）（た）

過去形

我吃過飯了。

我	×	飯	×	吃過了
wa.ta.shi	wa	go.ha.n	o	ta.be.ma.shi.ta
私	は	ご飯	を	食べました。
哇.它.西	哇	勹.哈.恩	歐	它.貝.媽.西.它

（わたし）（はん）（た）

早中晚共 CHECK 三次　Check ❶○　Check ❷○　Check ❸○　您就是旅日達人！

1

希望形

我想吃飯。

我	×	飯	×	想吃
wa.ta.shi	wa	go.ha.n	o	ta.be.ta.i.de.su
私	は	ご飯	を	食べたいです。
哇.它.西	哇	勾.哈.恩	歐	它.貝.它.伊.爹.酥

わたし　　　　　はん　　　　　た

請託形

請吃飯。

飯	×	吃	請
go.ha.n	o	ta.be.te	ku.da.sa.i
ご飯	を	食べて	ください。
勾.哈.恩	歐	它.貝.貼	枯.答.沙.伊

はん　　　　　た

早中晩共 CHECK 三次 Check ❶○ Check ❷○ Check ❸○ 您就是旅日達人！

19

旅行小記

2 清音、撥音

1・あ行

　　日語共有五個母音，就是あ行的這五個假名。發母音的訣竅在掌握：舌位的高低、前後，口腔的開口度，以及唇形的變化。初學的時候，可以拿著鏡子，看看自己口形、舌位的變化。

字源　　　　　　　發音

安 ➡ **あ** a

> 口腔自然地張開到最大，雙唇放鬆，舌頭放低稍微向後縮。這個發音的開口度比「阿」還要小。要振動聲帶喔！

以 ➡ **い** i

> 嘴唇自然平展，前舌面向硬顎隆起，舌尖稍稍向下，碰到下齒齦。這個發音的開口度比「衣」略小。要振動聲帶喔！

宇 ➡ **う** u

> 雙唇保持扁平，後舌面隆起靠近軟顎。發音的開口度比「屋」略小。要振動聲帶！要記得這個發音不是圓唇的喔！

衣 ➡ **え** e

> 雙唇略向左右自然展開，前舌面隆起，舌尖抵住下齒，舌部的肌肉稍微用力。開口度在[i]和[a]之間。要振動聲帶喔！

於 ➡ **お** o

> 唇部肌肉用力，嘴角向中間收攏，形成圓唇，舌向後縮後舌面隆起。開口度比「喔」略小。要振動聲帶喔！

早中晚共 CHECK 三次　Check ❶○　Check ❷○　Check ❸○　您就是旅日達人！

動手寫寫看

動手寫寫看

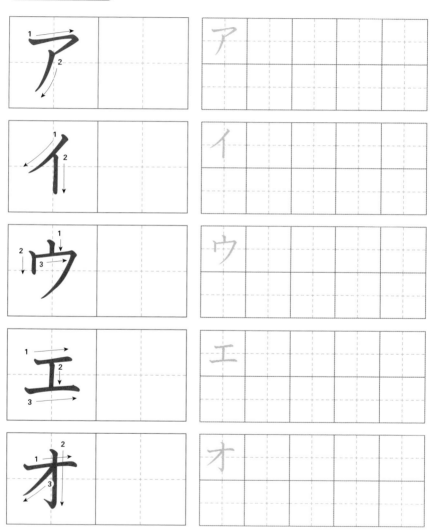

Have a nice trip!

旅に行こう！

單字練習

①

a.i
あ い
愛
阿．伊

愛

②

i.e
い え
家
伊．耶

房子

③

u.e
う え
上
烏．耶

上面

④

e
え
絵
耶

圖畫

⑤

a.o
あ お
青
阿．歐

藍色

早中晚共 CHECK 三次　　Check ❶○　Check ❷○　Check ❸○　您就是旅日達人！

② ・ か行

Track ②

　　か行是由子音 [k] 和五個母音 [ɑ] [i] [ɯ] [e] [o] 相拼而成的。 [k] 讓後舌面，跟就在它上面的軟顎接觸，把氣流檔起來，然後很快放開，讓氣流衝出來。不要振動聲帶喔！

字源　　　　發音

加	→	ka か	子音[k]＋母音[ɑ]，發音有點像「ㄎㄚ」。
幾	→	ki き	子音[k]＋母音[i]，發音有點像「ㄎ一」。
久	→	ku く	子音[k]＋母音[ɯ]，發音有點像「ㄎㄨ」。
計	→	ke け	子音[k]＋母音[e]，發音有點像「ㄎㄟ」。
己	→	ko こ	子音[k]＋母音[o]，發音有點像「ㄎㄡ」。

早中晚共 CHECK 三次　Check ❶○　Check ❷○　Check ❸○　您就是旅日達人！

動手寫寫看

動手寫寫看

單字練習

❶

ka.ki
か　き
柿
卡 . 克伊

柿子

❷

e.ki
え　き
駅
耶 . 克伊

車站

❸

ki.ku
き　く
菊
克伊 . 枯

菊花

❹

i.ke
い　け
池
伊 . 克耶

人造池塘

❺

ko.ko
ここ
寇 . 寇

這裡

早中晚共 CHECK 三次　Check **❶**○　Check **❷**○　Check **❸**○　您就是旅日達人！

さ行五個假名是子音 [s] 和母音 [ɑ] [ɯ] [e] [o]，子音 [ʃ] 和母音 [i] 相拼而成的。 [s] 舌尖往上接近上齒齦，中間要留一個小小的空隙，再讓氣流從那一個小空隙摩擦而出； [ʃ] 抬起舌葉，讓舌葉接近上齒齦和硬顎，中間要形成一條窄窄的縫隙，讓氣流摩擦而出。兩個子音都不用振動聲帶喔！

字源　發音

左	➡	sa さ	子音[s]＋母音[ɑ]，發音有點像「ㄙㄚ」。
之	➡	shi し	子音[ʃ]＋母音[i]，發音有點像「ㄒㄧ」。
寸	➡	su す	子音[s]＋母音[ɯ]，發音有點像「ㄙㄨ」。
世	➡	se せ	子音[s]＋母音[e]，發音有點像「ㄙㄟ」。
曾	➡	so そ	子音[s]＋母音[o]，發音有點像「ㄙㄡ」。

早中晚共 CHECK 三次　Check ❶◯　Check ❷◯　Check ❸◯　您就是旅日達人！

❷

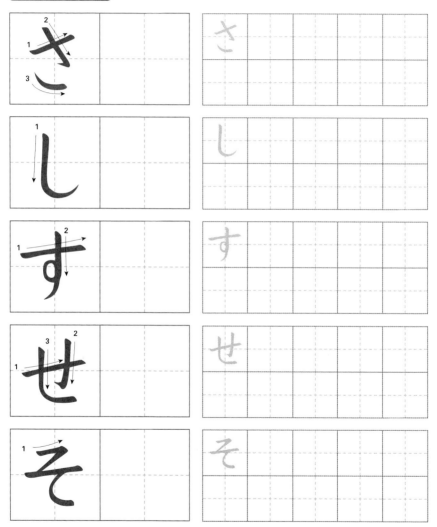

動手寫寫看

單字練習

❶
sa.ke
さ け
酒
沙.克耶

酒

❷
a.shi
あ し
足
阿.西

腳

❸
su.shi
す し
寿司
酥.西

壽司

❹
se.ki
せ き
席
誰.克伊

座位

❺
o.so.i
お そ
遅い
歐.搜.伊

慢的

4 ・ た行

　　た行五個假名是子音 [t] 和母音 [ɑ] [e] [o] ，子音 [tʃ] 和母音 [i] ，子音 [ts] 和母音 [ɯ] 相拼而成的。其中， [t] 舌尖要頂在上齒根和齒齦之間，然後很快把它放開，讓氣流衝出。た行五個音都不用振動聲帶喔！

字源	發音	
太 ➡	た ta	子音[t]＋母音[ɑ]，發音有點像「ㄊㄚ」。
之 ➡	ち chi	子音[tʃ]＋母音[i]，[tʃ]讓舌葉頂住上齒齦，把氣流檔起來，然後稍微放開，使氣流從細縫中摩擦而出。
川 ➡	つ tsu	子音[ts]＋母音[ɯ]，[ts]讓舌尖頂住上齒和上齒齦交界處，把氣流檔起來，然後稍微放開，使氣流從細縫中摩擦而出。
天 ➡	て te	子音[t]＋母音[e]，發音有點像「ㄊㄟ」。
止 ➡	と to	子音[t]＋母音[o]，發音有點像「ㄊㄡ」。

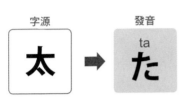

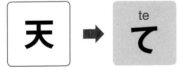

早中晚共 CHECK 三次　Check ❶◯　Check ❷◯　Check ❸◯　您就是旅日達人！

❷

動手寫寫看

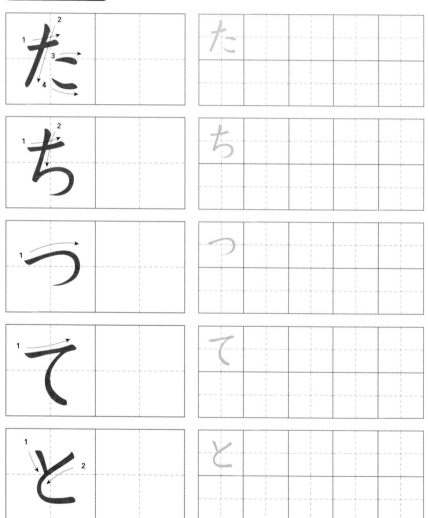

た

ち

つ

て

と

動手寫寫看

單字練習

1

ta.ka.i
たか
高い
它 . 卡 . 伊

高的；貴的

2

chi.chi
ち ち
父
七 . 七

爸爸

3

a.tsu.i
あ つ
暑い
阿 . 豬 . 伊

熱的

4

te
て
手
貼

手

5

to.shi
と し
年
偷 . 西

年紀

早中晚共 CHECK 三次　Check **1**○　Check **2**○　Check **3**○　您就是旅日達人！

37

5・な行

　　な行五個假名是子音 [n] 和母音 [ɑ] [ɯ] [e] [o] ，子音 [ɲ] 和母音 [i] 相拼而成的。其中， [n] 要嘴巴張開，舌尖頂住上牙齦，把氣流檔起來，讓氣流從鼻腔跑出來；[ɲ] 讓舌面的中部抵住硬顎，把氣流檔起來，讓氣流從鼻腔跑出來。な行五個音都要振動聲帶喔！

字源　　　　發音

奈 ➡ な
na

子音[n]＋母音[ɑ]，發音有點像「ㄋㄚ」。

仁 ➡ に
ni

子音[ɲ]＋母音[i]，發音有點像「ㄋㄧ」。

奴 ➡ ぬ
nu

子音[n]＋母音[ɯ]，發音有點像「ㄋㄨ」。

祢 ➡ ね
ne

子音[n]＋母音[e]，發音有點像「ㄋㄟ」。

乃 ➡ の
no

子音[n]＋母音[o]，發音有點像「ㄋㄡ」。

早中晚共 CHECK 三次　Check ❶○　Check ❷○　Check ❸○　您就是旅日達人！

勉強を楽しも

Have a nice trip!

旅に行こう！

動手寫寫看

動手寫寫看

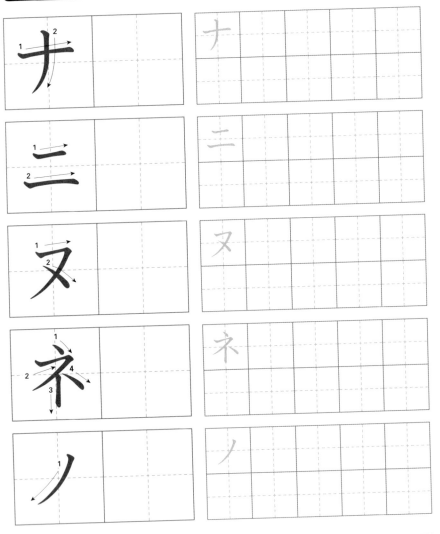

單字練習

①

na.tsu
なつ
夏
那．豬

夏天

②

a.ni
あに
兄
阿．尼

哥哥

③

i.nu
いぬ
犬
伊．奴

狗

④

ne.ko
ねこ
猫
內．寇

貓

⑤

i.no.chi
いのち
命
伊．諾．七

生命

早中晚共 CHECK 三次　Check ❶○　Check ❷○　Check ❸○　您就是旅日達人！

6 · は行

　　は行五個假名是子音 [h] 和母音 [ɑ] [e] [o] ，子音 [ç] 和母音 [i] ，子音 [ɸ] 和母音 [ɯ] 相拼而成的。

字源　　　　　發音

波 ➡ は ha

> 嘴巴輕鬆張開，保持後面的母音的嘴形（如[hɑ]就是[ɑ]的嘴形），然後讓氣流從聲門摩擦而出，不要振動聲帶喔！

比 ➡ ひ hi

> 舌尖微向下，中舌面鼓起接近硬顎，形成一條狹窄的縫隙，使氣流從中間的縫隙摩擦而出，不要振動聲帶喔！

不 ➡ ふ fu

> 想像一下吹蠟燭吧！也就是雙唇靠近形成細縫，使氣流從雙唇間摩擦而出。不要振動聲帶！要注意嘴唇不可以太圓喔！

部 ➡ へ he

> 子音[h]＋母音[e]，發音有點像「ㄏㄟ」。

保 ➡ ほ ho

> 子音[h]＋母音[o]，發音有點像「ㄏㄡ」。

早中晚共 CHECK 三次　Check ❶○　Check ❷○　Check ❸○　您就是旅日達人！

❷

動手寫寫看

早中晚共 CHECK 三次　Check **❶**◯　Check **❷**◯　Check **❸**◯　您就是旅日達人！

43

動手寫寫看

勉強を楽しむ　Have a nice trip!　旅に行こう！

單字練習

1
ha.ha
は　は
母
哈.哈

母親

2
hi.to.tsu
ひ　と
一つ
喝伊.偷.豬

一個

3
fu.ta.tsu
ふ　た
二つ
夫.它.豬

兩個

4
he.ta
へ　た
下手
黑.它

笨拙

5
ho.shi
ほ　し
星
后.西

星星

早中晚共 CHECK 三次　Check **1**○　Check **2**○　Check **3**○　您就是旅日達人！

7 ・ ま行

Track 7

ま行五個假名是子音 [m] 和母音 [ɑ] [i] [ɯ] [e] [o] 相拼而成的。[m]要緊緊的閉住兩唇，把嘴裡的氣流給堵起來，讓氣流從鼻腔跑出來。要振動聲帶喔！

字源　　發音

末 ➡ ma ま　子音[m]＋母音[ɑ]，發音有點像「ㄇㄚ」。

美 ➡ mi み　子音[m]＋母音[i]，發音有點像「ㄇㄧ」。

武 ➡ mu む　子音[m]＋母音[ɯ]，發音有點像「ㄇㄨ」。

女 ➡ me め　子音[m]＋母音[e]，發音有點像「ㄇㄟ」。

毛 ➡ mo も　子音[m]＋母音[o]，發音有點像「ㄇㄡ」。

早中晚共 CHECK 三次 Check ❶○ Check ❷○ Check ❸○ 您就是旅日達人！

勉強を楽しむ

Have a nice trip!

旅に行こう！

❷

ま

み

む

め

も

早中晚共 CHECK 三次　Check **❶**○　Check **❷**○　Check **❸**○　您就是旅日達人！

47

動手寫寫看

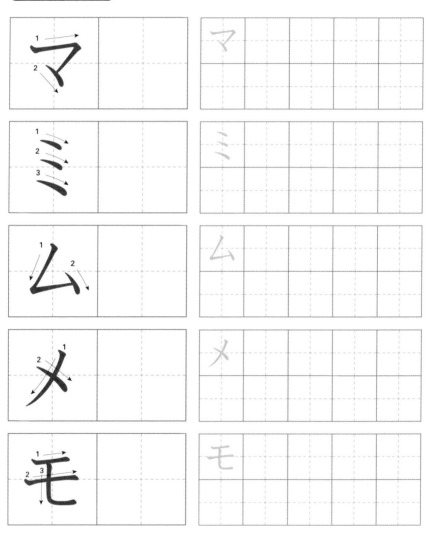

單字練習

❶

i.ma
いま
今
伊.媽

現在

❷

mi.se
みせ
店
咪.誰

商店

❸

mu.shi
むし
虫
母.西

蟲

❹

ka.me
かめ
亀
卡.妹

烏龜

❺

mo.mo
もも
桃
某.某

桃子

早中晚共 CHECK 三次 Check **❶**○ Check **❷**○ Check **❸**○ 您就是旅日達人！

や行三個假名是由半母音 [j] 和母音 [ɑ] [ɯ] [o] 相拼而成的。 [j] 發音的部位跟 [i] 很像，也就是讓在舌面中間的中舌面，跟在它正上方的硬口蓋接近，而發出的聲音。要振動聲帶喔！

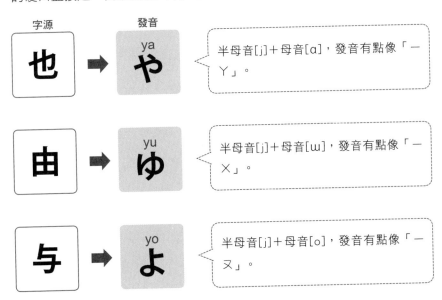

字源 → 發音

也 → **や** ya
半母音[j]＋母音[ɑ]，發音有點像「ーㄚ」。

由 → **ゆ** yu
半母音[j]＋母音[ɯ]，發音有點像「ーㄨ」。

与 → **よ** yo
半母音[j]＋母音[o]，發音有點像「ーヌ」。

ゆき／雪

早中晚共 CHECK 三次　Check ❶◯　Check ❷◯　Check ❸◯　您就是旅日達人！

❷

動手寫寫看

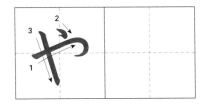
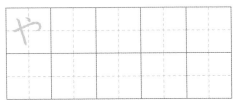

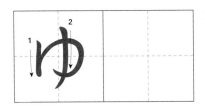
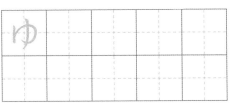

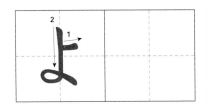
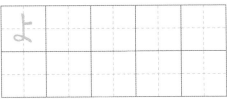

動手寫寫看

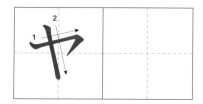

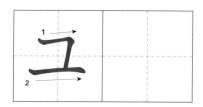

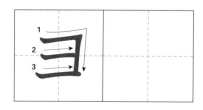

早中晚共 CHECK 三次　　Check ❶○　Check ❷○　Check ❸○　您就是旅日達人！

單字練習

❶

i.ya
いや
嫌
伊.呀

討厭

❷

ya.o.ya
やおや
八百屋
呀.歐.呀

蔬果店

❸

fu.yu
ふゆ
冬
夫.尤

冬天

❹

yu.ki
ゆき
雪
尤.克伊

雪

❺

yo.ko
よこ
橫
悠.寇

橫；旁邊

ヲ・ら行

ら行五個假名是子音 [r] 和母音 [ɑ][i][ɯ][e][o] 相拼而成的。[r]把舌尖翹起來輕輕碰上齒齦或硬顎，在氣流沖出時，輕彈一下，同時振動聲帶！

字源　　　　發音

良 ➡ **ら** ra
子音[r]＋母音[ɑ]，發音有點像「ㄌㄚ」。

利 ➡ **り** ri
子音[r]＋母音[i]，發音有點像「ㄌ一」。

留 ➡ **る** ru
子音[r]＋母音[ɯ]，發音有點像「ㄌㄨ」。

礼 ➡ **れ** re
子音[r]＋母音[e]，發音有點像「ㄌㄟ」。

呂 ➡ **ろ** ro
子音[r]＋母音[o]，發音有點像「ㄌㄡ」。

早中晚共 CHECK 三次　Check ❶○　Check ❷○　Check ❸○　您就是旅日達人！

❷

動手寫寫看

ら

り

ろ

れ

ろ

面白い日本語 Have a nice trip!

動手寫寫看

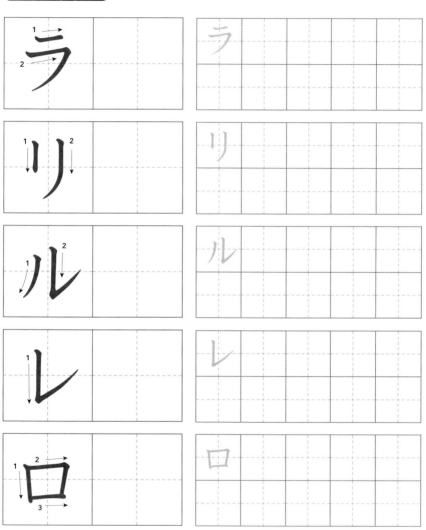

ラ
リ
ル
レ
ロ

早中晚共 CHECK 三次　Check ❶○　Check ❷○　Check ❸○　您就是旅日達人！

56

勉強を楽しむ
Have a nice trip!
旅に行こう！

❶
sa.ku.ra
さくら
桜
沙.枯.拉

櫻花

❷
to.ri
とり
鳥
沙.枯.拉

鳥

❸
ha.ru
はる
春
哈.魯

春天

❹
ha.re
は
晴れ
哈.累

晴天

❺
o.fu.ro
ふ　ろ
お風呂
歐.夫.摟

浴室，澡堂

早中晚共 CHECK 三次　　Check **❶**◯　Check **❷**◯　Check **❸**◯　您就是旅日達人！

10・わ行

　　わ行假名是半母音 [w] 和母音 [ɑ] 相拼而成的。[w] 發音的部位跟「う」很類似，上下兩唇稍微合攏，產生微弱的摩擦。舌面要讓它鼓起來，像個半圓形。要振動聲帶喔！

字源　　　　發音

和　→　**わ** wa

半母音[w]＋母音[ɑ]，發音有點像「ㄨㄚ」。

かわ／河流

遠　→　**を** o

發音跟「お」一樣是發 [o]。

うたをうたいます／唱歌

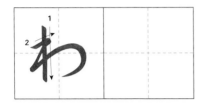

勉強を楽しむ

Have a nice trip!

旅に行こう！

❷

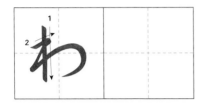

動手寫寫看

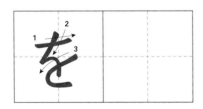

早中晚共 CHECK 三次　Check ❶○　Check ❷○　Check ❸○　您就是旅日達人！

動手寫寫看

早中晚共 CHECK 三次　Check ❶○　Check ❷○　Check ❸○　您就是旅日達人！

單字練習

1
wa.ta.shi
わたし
私
哇．它．西

我

2
ka.wa
か　わ
川
卡．哇

河川

3
ni.wa
に　わ
庭
尼．哇

庭院

4
ni.wa.to.ri
にわとり
鶏
尼．哇．偷．里

雞

5
a.wa
あ　わ
泡
阿．哇

泡沫

早中晚共 CHECK 三次　Check **1**○　Check **2**○　Check **3**○　您就是旅日達人！

11 ・ 撥音

　　撥音「ん」像隻變色龍，因為它的發音，會隨著後面的音的不同而受到影響。其實這也是為了發音上的方便，才這樣變化的。還有它只出現在詞尾或句尾喔！我們看看下面就知道了。

狀況 1

在子音 [m] [b] [p] 前面時，發雙唇鼻音 [m]

鉛筆

e.n.pi.tsu
えんぴつ
鉛筆
耶.恩.披.豬

狀況 2

在子音 [n] [t] [d] [r] [dz] 前面時，發舌尖鼻音 [n]

女人

o.n.na
おんな
女
歐.恩.那

狀況 3

在子音 [k] [g] 前面時，發後舌鼻音 [N]

文化

bu.n.ka
ぶんか
文化
布.恩.卡

狀況 4

在詞尾或句尾時，發小舌鼻音 [N]，也就是讓小舌下垂，後舌面提高，把口腔通道堵住，讓氣流從鼻腔流出來

日本

ni.ho.n
にほん
日本
尼.后.恩

早中晚共 CHECK 三次　Check ❶○　Check ❷○　Check ❸○　您就是旅日達人！

動手寫寫看

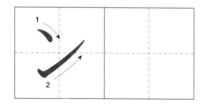

單字練習

1
ka.bi.n
かびん
花瓶
卡.逼.恩

花瓶

2
ni.n.ni.ku
にんにく
尼.恩.尼.枯

大蒜

3
ma.n.ga
まんが
漫画
媽.恩.嘎

漫畫

4
ji.ka.n
じかん
時間
基.卡.恩

時間

5
de.n.wa
でんわ
電話
爹.恩.哇

電話

早中晚共 CHECK 三次 　Check **1**○ 　Check **2**○ 　Check **3**○ 　您就是旅日達人！

3

濁音、半濁音

1 · 濁音 - が行

Track 12

　　濁音が行五個假名是子音 [g] 和母音 [ɑ] [i] [ɯ] [e] [o] 相拼而成的。跟清音相對，在書寫的時候，要在假名的右上角標上濁音符號「゛」。[g] 發音的方式，跟部位跟 [k] 一樣，不一樣的是要振動聲帶。が行假名如果是在詞中或詞尾時，子音 [g] 要發成鼻濁音。發音要領是用後舌頂住軟顎，讓氣流從鼻腔流出。

發音

か ＋ ゛ ➡ **が** ga	子音[g]＋母音[ɑ]，發音有點像「ㄍㄚ」。
き ＋ ゛ ➡ **ぎ** gi	子音[g]＋母音[i]，發音有點像「ㄍ一」。
く ＋ ゛ ➡ **ぐ** gu	子音[g]＋母音[ɯ]，發音有點像「ㄍㄨ」。
け ＋ ゛ ➡ **げ** ge	子音[g]＋母音[e]，發音有點像「ㄍㄟ」。
こ ＋ ゛ ➡ **ご** go	子音[g]＋母音[o]，發音有點像「ㄍㄡ」。

早中晚共 CHECK 三次　Check ❶○　Check ❷○　Check ❸○　您就是旅日達人！

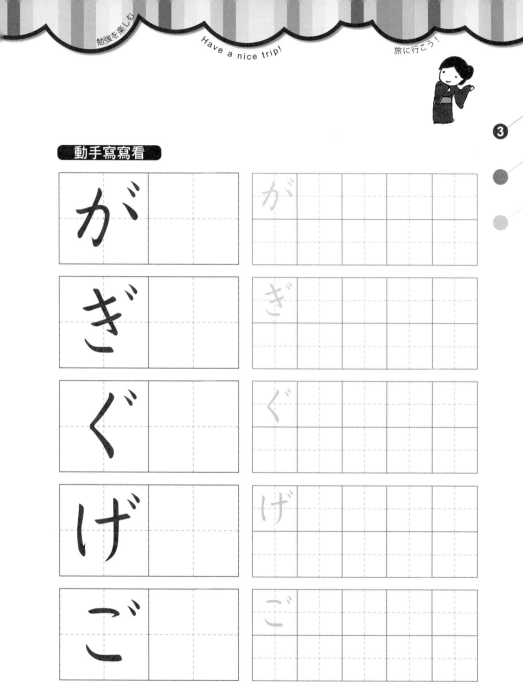

動手寫寫看

が	

ぎ	

ぐ	

げ	

ご	

動手寫寫看

		ガ				
ガ						
ギ		ギ				
グ		グ				
ゲ		ゲ				
ゴ		ゴ				

單字練習

①

te.ga.mi
て　が　み
手紙
貼.嘎.咪

信

②

ka.gi
か　ぎ
鍵
卡.哥伊

鑰匙

③

i.ri.gu.chi
い　　ぐ　ち
入り口
伊.里.估.七

入口

④

ge.ta
げた
給.它

木屐

⑤

go.go
ご　ご
午後
勾.勾

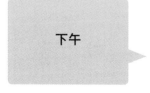
下午

2 ・ **濁音 - ざ行**

　　濁音ざ行五個假名是子音 [dz] 和母音 [ɑ] [ɯ] [e] [o] ，子音 [dʒ] 和母音 [i] 相拼而成的。跟清音相對，在書寫的時候，要在假名的右上角標上濁音符號「゛」。ざ行五個音都要振動聲帶。其中， [dz] 發音的方式、部位跟 [ts] 一樣，但[ts]不會震動聲帶。

發音

さ + ゛ ➡ **ざ** za

> 子音[dz]＋母音[ɑ]，發音有點像「ㄓㄚ」。

し + ゛ ➡ **じ** ji

> [dʒ]舌葉抵住上齒齦，把氣流檔起來，然後稍微放開，讓氣流從縫隙中摩擦而出。

す + ゛ ➡ **ず** zu

> 子音[dz]＋母音[ɯ]，發音有點像「ㄓㄨ」。

せ + ゛ ➡ **ぜ** ze

> 子音[dz]＋母音[e]，發音有點像「ㄓㄟ」。

そ + ゛ ➡ **ぞ** zo

> 子音[dz]＋母音[o]，發音有點像「ㄓㄡ」。

早中晚共 CHECK 三次　Check ❶○　Check ❷○　Check ❸○　您就是旅日達人！

勉強を楽しむ

Have a nice trip!

旅に行こう！

3

ざ	
じ	
ず	
ぜ	
ぞ	

動手寫寫看

ザ		
ジ		
ズ		
ゼ		
ゾ		

早中晚共 CHECK 三次　Check ❶○　Check ❷○　Check ❸○　您就是旅日達人！

單字練習

1

ha.i.za.ra
<ruby>灰<rt>はい</rt></ruby><ruby>皿<rt>ざら</rt></ruby>
哈.伊.雜.拉

煙灰缸

2

fu.ji.sa.n
<ruby>富<rt>ふ</rt></ruby><ruby>士<rt>じ</rt></ruby><ruby>山<rt>さん</rt></ruby>
夫.基.沙.恩

富士山

3

chi.zu
<ruby>地<rt>ち</rt></ruby><ruby>図<rt>ず</rt></ruby>
七.茲

地圖

4

ka.ze
<ruby>風<rt>かぜ</rt></ruby>
卡.瑞賊

風

5

ka.zo.ku
<ruby>家<rt>か</rt></ruby><ruby>族<rt>ぞく</rt></ruby>
卡.宙.枯

家族

早中晚共 CHECK 三次　Check **1**○　Check **2**○　Check **3**○　您就是旅日達人！

73

Track
14

❸・濁音-だ行

濁音だ行五個假名是子音[d]和母音[ɑ][e][o]，子音[dʒ]和母音[i]，子音[dz]和母音[ɯ]相拼而成的。跟清音相對，在書寫的時候，要在假名的右上角標上濁音符號「゛」。假名ぢ、づ的發音跟ざ行的じ、ず完全一樣。

發音

た + ゛ → だ da ⟨ 子音[d]＋母音[ɑ]，[d]發音的方式、跟部位跟[t]一樣，不一樣的是要振動聲帶。

ち + ゛ → ぢ ji ⟨ [dʒ]發音的方式、部位跟[ts]一樣，不一樣的是要振動聲帶。

と + ゛ → づ zu ⟨ [dz]舌葉抵住上齒齦，把氣流擋起來，然後稍微放開，讓氣流從縫隙中摩擦而出。要振動聲帶喔！

て + ゛ → で de ⟨ 子音[d]＋母音[e]，發音有點像「ㄉㄟ」。

と + ゛ → ど do ⟨ 子音[d]＋母音[o]，發音有點像「ㄉㄡ」。

早中晚共 CHECK 三次　Check ❶○　Check ❷○　Check ❸○　您就是旅日達人！

動手寫寫看

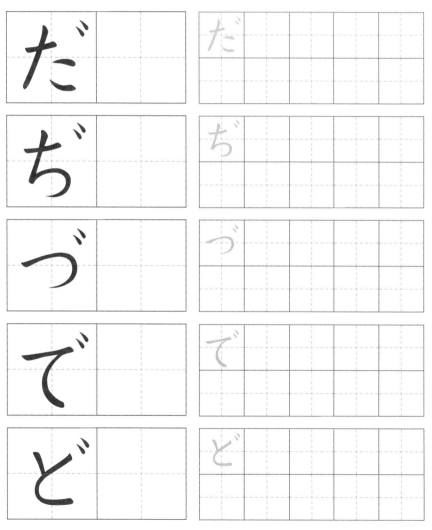

だ	
ぢ	
づ	
で	
ど	

動手寫寫看

ダ			ダ				
チ			チ				
ツ			ツ				
デ			デ				
ド			ド				

早中晚共 CHECK 三次　Check ❶○　Check ❷○　Check ❸○　您就是旅日達人！

單字練習

❶

ka.ra.da
からだ
体
卡.拉.答

身體

❷

ha.na.ji
はなぢ
哈.那.基

鼻血

❸

ka.n.zu.me
かんづめ
卡.恩.茲.妹

罐頭

❹

u.de
うで
腕
烏.爹

手腕

❺

ma.do
まど
窓
媽.都

窗戶

Track 15

4 • 濁音 - ば行

濁音ば行五個假名是子音 [b] 和母音 [ɑ] [i] [ɯ] [e] [o]。跟清音相對，在書寫的時候，要在假名的右上角標上濁音符號「゛」。[b] 緊緊的閉住兩唇，為了不讓氣流流往鼻腔，叫軟顎把鼻腔通道堵住，然後很快放開，讓氣流從兩唇衝出。要同時振動聲帶喔！

發音

は + ゛ ➡ ba ば
子音[b]＋母音[ɑ]，發音有點像「ㄅㄚ」。

ひ + ゛ ➡ bi び
子音[b]＋母音[i]，發音有點像「ㄅㄧ」。

ふ + ゛ ➡ bu ぶ
子音[b]＋母音[ɯ]，發音有點像「ㄅㄨ」。

へ + ゛ ➡ be べ
子音[b]＋母音[e]，發音有點像「ㄅㄟ」。

ほ + ゛ ➡ bo ぼ
子音[b]＋母音[o]，發音有點像「ㄅㄡ」。

早中晚共 CHECK 三次 Check ❶○ Check ❷○ Check ❸○ 您就是旅日達人！

動手寫寫看

ば			ば				

び			び				

ぶ			ぶ				

べ			べ				

ぼ			ぼ				

早中晩共 CHECK 三次　Check ❶○　Check ❷○　Check ❸○　您就是旅日達人！

動手寫寫看

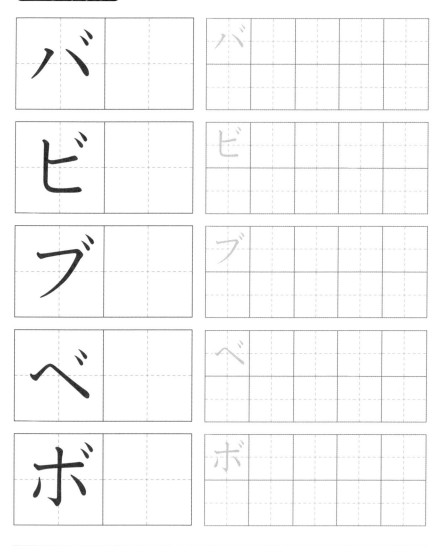

バ	
ビ	
ブ	
ベ	
ボ	

早中晩共 CHECK 三次　Check ❶◯　Check ❷◯　Check ❸◯　您就是旅日達人！

❸

單字練習

❶
so.ba
そば
搜.拔

蕎麥麵

❷
do.yo.o.bi
土曜日
都.悠.～.逼

星期六

❸
bu.ta.ni.ku
豚肉
布.它.尼.枯

豬肉

❹
o.be.n.to.o
お弁当
歐.貝.恩.偷.～

便當

❺
bo.o.shi
帽子
剝.～.西

帽子

早中晚共 CHECK 三次　Check ❶○　Check ❷○　Check ❸○　您就是旅日達人！

81

Track 16

5・半濁音 - ぱ行

　　半濁音ぱ行五個假名是子音 [p] 和母音 [ɑ] [i] [ɯ] [e] [o] 相拼而成的。在書寫的時候，要在假名的右上角標上濁音符號「。」。[p] 發音的部位跟 [b] 相同，不同的是不需要振動聲帶。發音時要乾脆。

發音

は + °	➡	ぱ pa	子音[p]＋母音[ɑ]，發音有點像「ㄆㄚ」。
ひ + °	➡	ぴ pi	子音[p]＋母音[i]，發音有點像「ㄆ一」。
ふ + °	➡	ぷ pu	子音[p]＋母音[ɯ]，發音有點像「ㄆㄨ」。
へ + °	➡	ぺ pe	子音[p]＋母音[e]，發音有點像「ㄆㄟ」。
ほ + °	➡	ぽ po	子音[p]＋母音[o]，發音有點像「ㄆㄡ」。

早中晚共 CHECK 三次　Check ❶○　Check ❷○　Check ❸○　您就是旅日達人！

❸

動手寫寫看

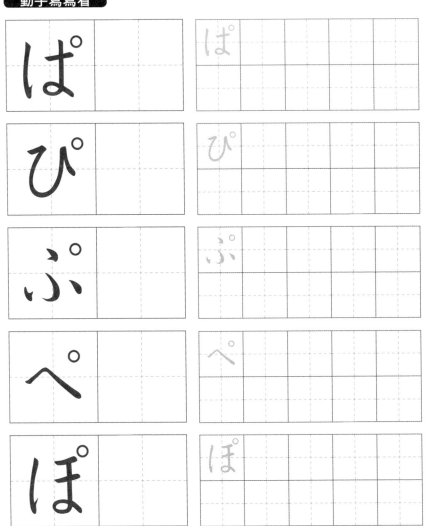

ぱ		ぱ				
ぴ		ぴ				
ぷ		ぷ				
ぺ		ぺ				
ぽ		ぽ				

早中晚共 CHECK 三次 Check **❶**○ Check **❷**○ Check **❸**○ 您就是旅日達人！

83

動手寫寫看

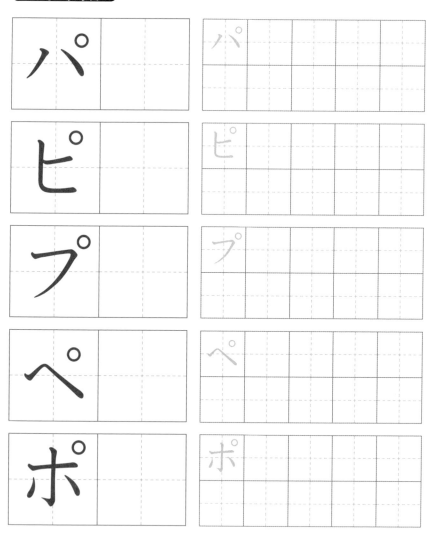

パ	
ピ	
プ	
ペ	
ポ	

早中晚共 CHECK 三次　Check ❶○　Check ❷○　Check ❸○　您就是旅日達人！

單字練習

1

pa.n

パン

趴.恩

麵包

2

pi.a.no

ピアノ

披.阿.諾

鋼琴

3

te.n.pu.ra

てん
天ぷら

貼.恩.撲.拉

天婦羅

4

pe.n

ペン

佩.恩

筆

5

sa.n.po

さん　ぽ
散歩

沙.恩.剖

散步

早中晚共 CHECK 三次　　Check ❶○　Check ❷○　Check ❸○　您就是旅日達人！

旅行小記

④ 促音、長音

1・促音

Track 17

　　促音用寫得比較小的假名「っ」表示，片假名是「ッ」。發促音時，嘴形要保持跟它後面的子音一樣，然後好像要發出後面的子音，又不馬上發出，這樣持續停頓約一拍的時間，最後讓氣流衝出去。再一次強調，發促音的時候，是要佔一拍的喔！

　　書寫時，橫寫要靠下寫，豎寫要靠右寫。羅馬拼音是用重複促音後面的子音字母來表示。

　　促音是不單獨存在的，也不出現在詞頭、詞尾，還有撥音的後面。它只出現在詞中，一般是在「か、さ、た、ぱ」行前面。

杯子	雜誌
ko.ppu	za.sshi
コップ	雑誌 ざっし
寇．ㄟ撲	雜．ㄟ西

更加	車票
mo.tto	ki.ppu
もっと	切符 きっぷ
某．ㄟ偷	克伊．ㄟ撲

コップ

ざっし

もっと

きっぷ

早中晩共 CHECK 三次　Check ❶◯　Check ❷◯　Check ❸◯　您就是旅日達人！

單字練習

1
sa.kka
さっか
作家
沙.ㄟ卡

作家

2
ki.ssa.te.n
きっさてん
喫茶店
克伊.ㄟ沙.貼.恩

咖啡廳

3
ki.tte
きって
切手
克伊.ㄟ貼

郵票

4
be.ddo
ベッド
貝.ㄟ都

床

5
su.ri.ppa
スリッパ
酥.里.ㄟ趴

拖鞋

早中晚共 CHECK 三次　Check **1**◯　Check **2**◯　Check **3**◯　您就是旅日達人！

2・長音

❹

　　長音就是把假名的母音部分，拉長一拍唸的音。要記得喔！母音長短的不同，意思就會不一樣，所以辨別母音的長短是很重要的！還有，除了撥音「ん」和促音「っ」以外，日語的每個音節都可以發成長音。另外，外來語橫式以「一」表示，直式以「｜」表示。

── 狀況 1 ──

「あ段假名後加あ」要發長音

> 媽媽

o.ka.a.sa.n

お母さん
<ruby>か<rt>　</rt>あ</ruby>

歐.卡.～.沙.恩

── 狀況 2 ──

「い段假名後加い」要發長音

> 高興

u.re.shi.i

嬉しい
<ruby>う<rt>れ</rt></ruby>

烏.累.西.～

── 狀況 3 ──

「う段假名後加う」要發長音

> 數學

su.u.ga.ku

数学
<ruby>すうがく</ruby>

酥.～.嘎.枯

── 狀況 4 ──

「え段假名後加い或え」要發長音

> 姊姊

o.ne.e.sa.n

お姉さん
<ruby>ね　え</ruby>

歐.內.～.沙.恩

── 狀況 5 ──

「お段假名後加う或お」發長音

> 爸爸

o.to.o.sa.n

お父さん
<ruby>とう</ruby>

歐.偷.～.沙.恩

早中晚共 CHECK 三次　Check ❶○　Check ❷○　Check ❸○　您就是旅日達人！

動手寫寫看

お	か	あ	さ	ん

う	れ	し	い

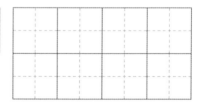

す	う	が	く

❹

おねえさん

おとうさん

單字練習

1

ra.a.me.n

ラーメン

拉.～.妹.恩

拉麵

2

ko.o.hi.i

コーヒー

寇.～.喝伊.～

咖啡

3

ku.u.ki

くうき
空気

枯.～.克伊

空氣

4

e.e.go

えいご
英語

耶.～.勾

英語

5

ko.o.e.n

こうえん
公園

寇.～.耶.恩

公園

早中晚共 CHECK 三次　Check **1**○　Check **2**○　Check **3**○　您就是旅日達人！

94

5

拗音

1 · 拗音

由い段假名和や行相拼而成的音叫「拗音」。拗音音節只唸一拍的長度。拗音的寫法是在「い段」假名後面寫一個比較小的「ゃ」「ゅ」「ょ」，用兩個假名表示一個音節。

狀況 1	狀況 2	狀況 3
把拗音拉長一拍，就是拗長音	拗音後面緊跟著撥音就叫拗撥音	拗音後面如果緊跟著促音就叫拗促音
棒球	**準備**	**一下下**
ya.kyu.u	ju.n.bi	cho.tto
や　きゅう	じゅん　び	
野球	**準備**	**ちょっと**
呀.卡烏.～	啾.恩.逼	秋.ㄟ偷

外來語的特殊表記

為了表示日語中所沒有的外語發音，把兩個假名組合在一起，譬如「ファ(fa)」、「ティ(ti)」、「ウィ(wi)」等等。這種特殊表記就跟拗音一樣，必須把兩個音拼在一起唸，而且都是一個音節喔！

早中晚共 CHECK 三次　　Check ❶○　　Check ❷○　　Check ❸○　　您就是旅日達人！

5

拗音的記法

主餐	副餐	點心

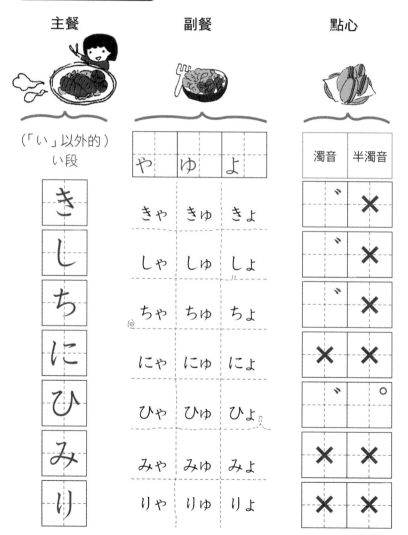

（「い」以外的）
い段

	や	ゆ	よ

	濁音	半濁音

き	きゃ	きゅ	きょ	゛	✕
し	しゃ	しゅ	しょ	゛	✕
ち	ちゃ	ちゅ	ちょ	゛	✕
に	にゃ	にゅ	にょ	✕	✕
ひ	ひゃ	ひゅ	ひょ	゛	○
み	みゃ	みゅ	みょ	✕	✕
り	りゃ	りゅ	りょ	✕	✕

單字練習

❶

kya.ku
きゃく
客
克呀.枯

客人

❷

kyo.ne.n
きょねん
去年
卡悠.內.恩

去年

❸

shu.ku.da.i
しゅくだい
宿題
西烏.枯.答.伊

作業，功課

❹

ko.n.nya.ku
こんにゃく
寇.恩.尼呀.枯

蒟蒻

❺

nyu.u.su
ニュース
牛.～.酥

新聞

早中晚共 CHECK 三次　Check ❶○　Check ❷○　Check ❸○　您就是旅日達人！

6

背單字小撇步

1・利用我們的優勢來記日語單字

剛開始學新語言的時候，必須靠單字、文法不斷的累積，才能加以運用。這樣，背單字自然就成為每個語言學習者必經的道路。但是，相信有許多人都很頭痛「單字怎麼樣都背不起來」、「想到單字就一個頭兩個大」。請別緊張，前面已經說過了，日語對我們來講，其實已經深入我們的文化了。

優勢 1 用這些字，跟日本人筆談都能通。

日文漢字	唸法	羅馬拼音	中文翻譯
日本	にっほん	ni.hho.n	日本
中国	ちゅうごく	chu.u.go.ku	中國
山	やま	ya.ma	山
河	かわ	ka.wa	河川

再講明白一點，下面的成語，也沒問題。

日文漢字	唸法	羅馬拼音	中文翻譯
単刀直入	たんとうちょくにゅう	ta.n.to.o.cho.ku.nyu.u	直接了當
自力更生	じりきこうせい	ji.ri.ki.ko.o.se.e	自食其力
一字千金	いちじせんきん	i.chi.ji.se.n.ki.n	價值極高

早中晚共 CHECK 三次 Check ❶○　Check ❷○　Check ❸○　您就是旅日達人！

off

100

優勢 2 在日常生活中，身邊的許多小東西，都是中文裡有的。

日文漢字	假名	羅馬拼音	中文翻譯
帽子	ぼうし	bo.o.shi	帽子
扇子	せんす	se.n.su	扇子
豆腐	とうふ	to.o.fu	豆腐
煎餅	せんべい	se.n.be.e	煎餅

優勢 3 日本人超愛古語，這在國文課都上過啦！

日文漢字	假名	羅馬拼音	中文翻譯
言う	いう	i.u	說
行く	いく	i.ku	去
犬	いぬ	i.nu	狗
口	くち	ku.chi	嘴

優勢 4 同形異義字，一樣逃不出古語的手掌心。

日文漢字	假名	羅馬拼音	中文翻譯
結束	けっそく	ke.sso.ku	團結
勉強	べんきょう	be.n.kyo.o	學習
小心	しょうしん	sho.o.shi.n	膽小
放心	ほうしん	ho.o.shi.n	發呆
清楚	せいそ	se.e.so	清秀
丈夫	じょうぶ	jo.o.bu	堅固

優勢 5 清末民初，歐美新思潮的單字經由日本漢字學者翻譯成日語單字，中文直接引用的單字，這些您也都會啦！

日文漢字	假名	羅馬拼音	中文翻譯
政府	せいふ	se.e.fu	政府
経済	けいざい	ke.e.za.i	經濟
景気	けいき	ke.e.ki	景氣
法律	ほうりつ	ho.o.ri.tsu	法律
民主	みんしゅ	mi.n.shu	民主
自由	じゆう	ji.yu.u	自由

早中晚共 CHECK 三次 Check ❶◯ Check ❷◯ Check ❸◯ 您就是旅日達人！

6

優勢 6　哈日風一波波興起，流行在年輕人跟傳播媒體的單字，您最熟悉不過了。

日文漢字	假名	羅馬拼音	中文翻譯
人気	にんき	ni.n.ki	受歡迎
職場	しょくば	sho.ku.ba	工作場所
素人	しろうと	shi.ro.u.to	門外漢
素顔	すがお	su.ga.o	未施脂粉
痴漢	ちかん	chi.ka.n	色狼
達人	たつじん	ta.tsu.ji.n	專家
福袋	ふくぶくろ	fu.ku.bu.ku.ro	百寶袋

優勢 7 直接音譯過來的，您是不是也常用呢？

直譯語	日語	羅馬拼音	中文翻譯
卡哇伊	かわいい	ka.wa.i.i	可愛
甘巴茶	がんばって	ga.n.ba.tte	加油
歐伊西	おいしい	o.i.shi.i	好吃
一級棒	いちばん	i.chi.ba.n	很棒
柏青哥	ぱちんこ	pa.chi.n.ko	彈珠台遊戲
歐巴桑	おばさん	o.ba.sa.n	大嬸
運將	うんちゃん	u.n.cha.n	司機

優勢 8 從西方語言直接音譯過來的外來語，真的讓我們撿到便宜了。

片假名	羅馬拼音	中文翻譯	英文原文
カメラ	ka.me.ra	相機	camera
テニス	te.ni.su	網球	tenis
テスト	te.su.to	考試	test
トイレ	to.i.re	廁所	toilet
バス	ba.su	公車	bus
ペン	pe.n	原子筆	pen

早中晚共 CHECK 三次 Check ❶○ Check ❷○ Check ❸○ 您就是旅日達人！

優勢 9 日語單字也是利用漢字的特定發音，組成另一個字。

　　將日文的「大学／だいがく／da.i.ga.ku（大學）」跟「先生／せんせい／se.n.se.i（老師）」這兩個字，各取出第二個字組合起來，就是單字「学生／がくせい／ga.ku.se.i（＜大＞學生）」。

大　学
だい　がく
da.i　ga.ku

学　生
がく　せい
ga.ku　se.i

先　生
せん　せい
se.n　se.i

旅行小記

7

實用單字

1 食物

點心	o.ya.tsu. おやつ
	歐.呀.豬

下午茶時間	ti.i.ta.i.mu. ティータイム
	踢.～.它.伊.母

宵夜	ya.sho.ku. 夜食
	呀.休.枯

便當	o.be.n.to.o. お弁当
	歐.貝.恩.偷.～

生魚片	sa.shi.mi. 刺身
	沙.西.咪

壽司	su.shi. すし
	酥.西

鰻魚飯	u.na.ju.u. うな重
	烏.那.啾

咖哩飯	ka.re.e.ra.i.su. カレーライス
	卡.累.～.拉.伊.酥

蛋包飯	o.mu.ra.i.su. オムライス
	歐.母.拉.伊.酥

西式炒飯	pi.ra.fu. ピラフ
	披.拉.夫

炒飯	cha.a.ha.n. チャーハン
	洽.～.哈.恩

什錦燒	o.ko.no.mi.ya.ki. お好み焼き
	歐.寇.諾.咪.呀.克伊

早中晚共 CHECK 三次　Check ❶○　Check ❷○　Check ❸○　您就是旅日達人！

勉強を楽しむ　Have a nice trip!　旅に行こう！

涮涮鍋	sha.bu.sha.bu. **しゃぶしゃぶ**
	蝦.布.蝦.布

壽喜燒	su.ki.ya.ki. **すき焼き**
	酥.<u>克伊</u>.呀.<u>克伊</u>

天婦羅	te.n.pu.ra. **てんぷら**
	貼.恩.撲.拉

清炸食品 （炸雞塊）	ka.ra.a.ge. **唐揚げ**
	卡.拉.～.給

可樂餅	ko.ro.kke. **コロッケ**
	寇.摟.～<u>克耶</u>

茶泡飯	o.cha.zu.ke. **お茶漬け**
	歐.洽.茲.<u>克耶</u>

醃漬黃蘿蔔	ta.ku.a.n. **たくあん**
	它.枯.阿.恩

鹹梅乾	u.me.bo.shi. **梅干**
	烏.妹.剝.西

關東煮	o.de.n. **おでん**
	歐.爹.恩

拉麵	ra.a.me.n. **ラーメン**
	拉.～.妹.恩

涼麵	hi.ya.shi.chu.u.ka. **冷やし中華**
	喝伊.呀.西.七烏.～.卡

炒麵	ya.ki.so.ba. **焼きそば**
	呀.<u>克伊</u>.搜.拔

  早中晚共 CHECK 三次　Check ❶○　Check ❷○　Check ❸○　您就是旅日達人！

蕎麥麵	so.ba. **そば**
 搜.拔

烏龍麵	u.do.n. **うどん**
 烏.都.恩

細麵（掛麵）	so.o.me.n. **そうめん**
 搜.〜.妹.恩

歐姆蛋捲	o.mu.re.tsu. **オムレツ**
 歐.母.累.豬

荷包蛋	me.da.ma.ya.ki. **目玉焼き**
 妹.答.媽.呀.<u>克伊</u>

日式煎蛋捲	ta.ma.go.ya.ki. **卵焼き**
 它.媽.勾.呀.<u>克伊</u>

豬排蓋飯	ka.tsu.do.n. **カツ丼**
 卡.豬.都.恩

炸蝦蓋飯	te.n.do.n. **天丼**
 貼.恩.都.恩

雜煮（日式年糕湯）	o.zo.o.ni. **お雑煮**
 歐.宙.〜.尼

味噌湯	mi.so.shi.ru. **みそ汁**
  咪.搜.西.魯

燉煮海藻（羊栖菜）	hi.ji.ki.no.ni.tsu.ke. **ひじきの煮つけ**
 喝伊.基.克伊.諾.尼.豬.克耶

下酒小菜	o.tsu.ma.mi. **おつまみ**
 歐.豬.媽.咪

早中晚共 CHECK 三次　Check ❶○　Check ❷○　Check ❸○　您就是旅日達人！

勉強を楽しむ　　Have a nice trip!　　旅に行こう！

❼

飯	go.ha.n. **ごはん**
	勹.哈.恩

飯糰	o.mu.su.bi. **おむすび**
	歐.母.酥.逼

紅飯	se.ki.ha.n. せきはん **赤飯**
	誰.<u>克伊</u>.哈.恩

年糕	mo.chi. **もち**
	某.七

納豆	na.tto.o. なっとう **納豆**
	那.へ偷.～

日式年菜	o.se.chi.ryo.o.ri. りょう　り **おせち料理**
	歐.誰.七.溜.～.里

火鍋	na.be.mo.no. なべもの **鍋物**
	那.貝.某.諾

懷石料理	ka.i.se.ki.ryo.o.ri. かいせきりょう　り **懐石料理**
	卡.伊.誰.<u>克伊</u>.溜.～.里

馬鈴薯燉肉	ni.ku.ja.ga. にく **肉じゃが**
	尼.枯.甲.嘎

夜市小吃	ya.ta.i.ryo.o.ri. や　たいりょう　り **屋台料理**
	呀.它.伊.溜.～.里

漢堡排	ha.n.ba.a.gu. **ハンバーグ**
	哈.恩.拔.～.估

麵包	pa.n. **パン**
	趴.恩

三明治	sa.n.do.i.cchi. **サンドイッチ**
	沙.恩.都.伊.ㄟ七

烤吐司	to.o.su.to. **トースト**
	偷.～.酥.偷

漢堡	ha.n.ba.a.ga.a. **ハンバーガー**
	哈.恩.拔.～.嘎.～

沙拉	sa.ra.da. **サラダ**
	沙.拉.答

旅 行 小 記

2 ・ 飲料

❼

飲料	no.mi.mo.no. の もの **飲み物**
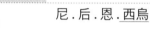	諾 . 咪 . 某 . 諾

酒（酒的鄭 重說法）	o.sa.ke. さけ **お酒**
	歐 . 沙 . <u>克耶</u>

日本酒	ni.ho.n.shu. に ほん しゅ **日本酒**
	尼 . 后 . 恩 . <u>西烏</u>

清酒	se.e.shu. せいしゅ **清酒**
	誰 . 〜 . <u>西烏</u>

燒酒	sho.o.chu.u. しょうちゅう **焼 酎**
	休 . 〜 . <u>七烏</u> . 〜

賞花酒	ha.na.mi.za.ke. はな み ざけ **花見酒**
	哈 . 那 . 咪 . 雜 . <u>克耶</u>

賞月酒	tsu.ki.mi.za.ke. つき み ざけ **月見酒**
	豬 . <u>克伊</u> . 咪 . 雜 . <u>克耶</u>

賞雪酒	yu.ki.mi.za.ke. ゆき み ざけ **雪見酒**
	尤 . <u>克伊</u> . 咪 . 雜 . <u>克耶</u>

啤酒	bi.i.ru. **ビール**
	逼 . 〜 . 魯

葡萄酒	wa.i.n. **ワイン**
	哇 . 伊 . 恩

威士忌	u.i.su.ki.i. **ウイスキー**
	烏 . 伊 . 酥 . <u>克伊</u> . 〜

加水酒	mi.zu.wa.ri. みず わ **水割り**
	咪 . 茲 . 哇 . 里

 早中晚共 CHECK 三次　Check ❶○　Check ❷○　Check ❸○　您就是旅日達人！

雞尾酒	ka.ku.te.ru. **カクテル** 卡.枯.貼.魯	波本威士忌	ba.a.bo.n. **バーボン** 拔.～.剝.恩

白蘭地	bu.ra.n.de.e. **ブランデー** 布.拉.恩.爹.～	萊姆酒	ra.mu. **ラム** 拉.母

茶	o.cha. **お茶** 歐.洽	綠茶	ryo.ku.cha. **緑茶** 溜.枯.洽

紅茶	ko.o.cha. **紅茶** 寇.～.洽	烏龍茶	u.u.ro.n.cha. **ウーロン茶** 烏.～.摟.恩.洽

麥茶	mu.gi.cha. **麦茶** 母.哥伊.洽	抹茶	ma.ccha. **抹茶** 媽.ㄟ洽

咖啡	ko.o.hi.i. **コーヒー** 寇.～.喝伊.～	健康茶	ke.n.ko.o.cha. **健康茶** 克耶.恩.寇.～.洽

早中晚共 CHECK 三次　Check ❶○　Check ❷○　Check ❸○　您就是旅日達人！

❼

可可亞	ko.ko.a. ココア

 寇.寇.阿

礦泉水	mi.ne.ra.ru.wo.o.ta.a. ミネラルウォーター

咪.內.拉.魯.<u>烏歐</u>.～.它.～

運動飲料	su.po.o.tsu.do.ri.n.ku. スポーツドリンク

 酥.剝.～.豬.都.里.恩.枯

牛奶	gyu.u.nyu.u. ぎゅうにゅう 牛 乳

 <u>克烏</u>.～.<u>牛烏</u>.～

開水，熱水	o.yu. ゆ お湯

 歐.尤

果汁	ju.u.su. ジュース

 啾.～.酥

蔬菜果汁	ya.sa.i.ju.u.su. や さい 野菜ジュース

 呀.沙.伊.啾.～.酥

營養補充 飲料	e.e.yo.o.do.ri.n.ku. えいよう 栄養ドリンク

 耶.～.悠.～.都.里.恩.枯

碳酸飲料	ta.n.sa.n.i.n.ryo.o. たんさん いんりょう 炭酸飲料

 它.恩.沙.恩.伊.恩.溜.～

3 **衣服**

衣服	fu.ku. 服		衣服，和服	ki.mo.no. 着物
	夫．枯			克伊．某．諾

西裝襯衫	wa.i.sha.tsu. ワイシャツ		襯衫	sha.tsu. シャツ
	哇．伊．蝦．豬			蝦．豬

大衣	o.o.ba.a. オーバー		上衣，外衣	u.wa.gi. 上着
	歐．～．拔．～			烏．哇．哥伊

毛衣	se.e.ta.a. セーター		西裝	se.bi.ro. 背広
	誰．～．它．～			誰．逼．摟

西服，西裝	yo.o.fu.ku. 洋服		外套，大衣	ko.o.to. コート
	悠．～．夫．枯			寇．～．偷

裙子	su.ka.a.to. スカート		西裝褲	zu.bo.n. ズボン
	酥．卡．～．偷			茲．剝．恩

勉強を楽しむ　Have a nice trip!　旅に行こう！

套裝	su.u.tsu. **スーツ**		禮服	do.re.su. **ドレス**
	酥.～.豬			都.累.酥

連身裙	wa.n.pi.i.su. **ワンピース**		短外套， 夾克	ja.ke.tto. **ジャケット**
	哇.恩.披.～.酥			甲.克耶.へ偷

針織開襟衫	ka.a.di.ga.n. **カーディガン**		女用罩衫	bu.ra.u.su. **ブラウス**
	卡.～.低.嘎.恩			布.拉.烏.酥

T恤	ti.i.sha.tsu. **T シャツ**		下半身衣服	bo.to.mu.su. **ボトムス**
	踢.～.蝦.豬			剝.偷.母.酥

穿著搭配	ko.o.di.ne.e.to. **コーディネート**		細肩帶背心 （小可愛）	kya.mi.so.o.ru. **キャミソール**
	寇.～.低.內.～.偷			克呀.咪.搜.～.魯

襯裙	su.ri.ppu. **スリップ**		泳衣	mi.zu.gi. **水着**
	酥.里.へ撲			咪.茲.哥伊

早中晚共 CHECK 三次　Check ❶○　Check ❷○　Check ❸○　您就是旅日達人！

117

結婚禮服	we.di.n.gu.do.re.su. **ウェディングドレス**

 威．低．恩．估．都．累．酥

睡衣	pa.ja.ma. **パジャマ**

 趴．甲．媽

圍裙	e.pu.ro.n. **エプロン**

 耶．撲．摟．恩

浴衣	yu.ka.ta. ゆ か た **浴衣**

 尤．卡．它

半截式外褂	ha.ppi. **はっぴ**

 哈．ヘ披

內衣	shi.ta.gi. した ぎ **下着**

 西．它．哥伊

胸罩	bu.ra.ja.a. **ブラジャー**

 布．拉．甲．～

4 ・ 配件及隨身物品

Track **22**

❼

帽子	bo.o.shi. ぼうし **帽子**
 剝 . ～ . 西

棒球帽	ya.kyu.u.bo.o. やきゅうぼう **野球帽**
呀 . 卡烏 . ～ . 剝 . ～

學生帽	ga.ku.se.e.bo.o. がくせいぼう **学生帽**
嘎 . 枯 . 誰 . ～ . 剝 . ～

安全帽， 頭盔	he.ru.me.tto. **ヘルメット**
黑 . 魯 . 妹 . ～偷

巴拿馬草帽	pa.na.ma.bo.o. ぼう **パナマ帽**
趴 . 那 . 媽 . 剝 . ～

領帶	ne.ku.ta.i. **ネクタイ**
內 . 枯 . 它 . 伊

傘	ka.sa. かさ **傘**
 卡 . 沙

錢包	sa.i.fu. さいふ **財布**
沙 . 伊 . 夫

包包，提包	ka.ba.n. **かばん**
卡 . 拔 . 恩

手提旅行箱	su.u.tsu.ke.e.su. **スーツケース**
酥 . ～ . 豬 . 克耶 . ～ . 酥

眼鏡	me.ga.ne. めがね **眼鏡**
 妹 . 嘎 . 內

戒指	yu.bi.wa. ゆびわ **指輪**
尤 . 逼 . 哇

早中晚共 CHECK 三次　Check ❶○　Check ❷○　Check ❸○　您就是旅日達人！

皮帶	be.ru.to. ベルト
	貝.魯.偷

（和服） 腰帶	o.bi. おび 帶
	歐.逼

（女用） 手提袋	ba.ggu. バッグ
	拔.〜估

圍巾	ma.fu.ra.a. マフラー
	媽.夫.拉.〜

圍巾，絲巾	su.ka.a.fu. スカーフ
	酥.卡.〜.夫

手帕	ha.n.ka.chi. ハンカチ
	哈.恩.卡.七

太陽眼鏡	sa.n.gu.ra.su. サングラス
	沙.恩.估.拉.酥

手錶	u.de.do.ke.e. うで ど けい 腕時計
	烏.爹.都.<u>克耶</u>.〜

珠寶手飾	ju.e.ri.i. ジュエリー
	啾.耶.里.〜

髮夾	he.a.pi.n. ヘアピン
	黑.阿.披.恩

項鍊	ne.kku.re.su. ネックレス
	內.〜枯.累.酥

耳環	i.ya.ri.n.gu. イヤリング
	伊.呀.里.恩.估

（穿孔式）耳環	pi.a.su. ピアス		胸針	bu.ro.o.chi. ブローチ

 披.阿.酥　　　 布.摟.～.七

寬邊帽	so.n.bu.re.ro. ソンブレロ		遮陽帽	sa.n.ba.i.za.a. サンバイザー

 搜.恩.布.累.摟　　　 沙.恩.拔.伊.雜.～

棒球帽	kya.ppu. キャップ		手套	te.bu.ku.ro. て ぶくろ 手 袋

 克呀.～撲　　　 貼.布.枯.摟

防曬手套	hi.ya.ke.do.me.te.bu.ku.ro. ひ や ど て ぶくろ 日焼け止め手袋		背包	ryu.kku.sa.kku. リュックサック

 喝伊.呀.克耶.都.妹.貼.布.枯.摟　　　 里烏.～枯.沙.～枯

書包 （學生用）	ra.n.do.se.ru. ランドセル

 拉.恩.都.誰.魯

5 顏色、大小等

白色	shi.ro.i. しろ 白い
	西.撈.伊

黑色	ku.ro.i. くろ 黒い
	枯.撈.伊

灰色	ha.i.i.ro. はいいろ 灰色
	哈.伊.～.撈

綠色	mi.do.ri. みどり 緑
	咪.都.里

藍色；綠的	a.o.i. あお 青い
	阿.歐.伊

紅色	a.ka.i. あか 赤い
	阿.卡.伊

粉紅色	pi.n.ku. ピンク
	披.恩.枯

紫色	mu.ra.sa.ki. むらさき 紫
	母.拉.沙.克伊

桃紅色	mo.mo.i.ro. ももいろ 桃色
	某.某.伊.撈

茶色	cha.i.ro. ちゃいろ 茶色
	洽.伊.撈

黃色	ki.i.ro.i. きいろ 黄色い
	克伊.～.撈.伊

橘色	o.re.n.ji.i.ro. いろ オレンジ色
	歐.累.恩.基.伊.撈

金色	ki.n.i.ro. きんいろ **金色**
	克伊．恩．伊．攎

銀色	gi.n.i.ro. ぎんいろ **銀色**
	哥伊．恩．伊．攎

大的，巨大 的；廣大的	o.o.ki.i. おお **大きい**
	歐．～．克伊．～

小的， 幼小的	chi.i.sa.i. ちい **小さい**
	七．～．沙．伊

長的，長久 的	na.ga.i. なが **長い**
	那．嘎．伊

短的	mi.ji.ka.i. みじか **短い**
	咪．基．卡．伊

厚的	a.tsu.i. あつ **厚い**
	阿．豬．伊

薄的，淡的	u.su.i. うす **薄い**
	烏．酥．伊

重的，沉重 的	o.mo.i. おも **重い**
	歐．某．伊

輕的， 輕巧的	ka.ru.i. かる **軽い**
	卡．魯．伊

暗的，黑暗 的，陰暗的	ku.ra.i. くら **暗い**
	枯．拉．伊

明亮的， 光明的	a.ka.ru.i. あか **明るい**
	阿．卡．魯．伊

細的，細小的，狹窄的	ho.so.i. ほそ **細い**
	后.搜.伊

圓形的	ma.ru.i. まる **丸い**
	媽.魯.伊

多的	o.o.i. おお **多い**
	歐.～.伊

少的	su.ku.na.i. すく **少ない**
	酥.枯.那.伊

旅　行　小　記

6・日本景點（東京及周邊）

Track **24**

淺草雷門	a.sa.ku.sa.ka.mi.na.ri.mo.n. あさくさかみなりもん **浅草 雷門**

阿.沙.枯.沙.卡.咪.那.里.某.恩

東京 晴空塔	to.o.kyo.o.su.ka.i.tsu.ri.i. とうきょう **東京スカイツリー**

偷.～.<u>卡悠</u>.～.酥.卡.伊.豬.里.～

上野恩 賜公園	u.e.no.o.n.shi.ko.o.e.n. うえ の おんし こうえん **上野恩賜公園**

烏.耶.諾.歐.恩.西.寇.～.耶.恩

上野阿美 橫町	u.e.no.a.me.yo.ko. うえ の よこ **上野アメ横**

烏.耶.諾.阿.妹.悠.寇

秋葉原	a.ki.ha.ba.ra. あき は ばら **秋葉原**

阿.<u>克伊</u>.哈.拔.拉

東京車站	to.o.kyo.o.e.ki. とうきょうえき **東京駅**

偷.～.<u>卡悠</u>.～.耶.<u>克伊</u>

銀座	gi.n.za. ぎん ざ **銀座**

<u>哥伊</u>.恩.雜

築地市場	tsu.ki.ji.i.chi.ba. つき じ いち ば **築地市場**

豬.<u>克伊</u>.基.伊.七.拔

台場	o.da.i.ba. だい ば **お台場**

歐.答.伊.拔

東京塔	to.o.kyo.o.ta.wa.a. とうきょう **東京タワー**

偷.～.<u>卡悠</u>.～.它.哇.～

六本木	ro.ppo.n.gi. ろっぽん ぎ **六本木**

撈.ㄟ剖.恩.<u>哥伊</u>

涉谷	si.bu.ya. しぶ や **渋谷**

西.布.呀

原宿	ha.ra.ju.ku. はらじゅく **原宿**

哈.拉.啾.枯

表参道	o.mo.te.sa.n.do.o. おもてさんどう **表参道**

歐.某.貼.沙.恩.都.～

竹下通	ta.ke.shi.ta.do.o.ri. たけしたどお **竹下通り**

它.克耶.西.它.都.～.里

明治神宮	me.e.ji.ji.n.gu.u. めいじじんぐう **明治神宮**

妹.～.基.基.恩.估.～

下北澤	shi.mo.ki.ta.za.wa. しもきたざわ **下北沢**

西.某.克伊.它.雜.哇

吉祥寺	ki.chi.jo.o.ji. きちじょうじ **吉祥寺**

克伊.七.久.～.基

新宿	shi.n.ju.ku. しんじゅく **新宿**

西.恩.啾.枯

新宿御苑	shi.n.ju.ku.gyo.e.n. しんじゅくぎょえん **新宿御苑**

西.恩.啾.枯.克悠.耶.恩

池袋	i.ke.bu.ku.ro. いけぶくろ **池袋**

伊.克耶.布.枯.摟

迪士尼 樂園	di.zu.ni.i.ra.n.do. **ディズニーランド**

低.茲.尼.～.拉.恩.都

7・日本景點（京阪神奈）

二條城	ni.jo.o.jo.o. にじょうじょう **二条城**

 尼 . 久 . ～ . 久 . ～

四條河原町	shi.jo.o.ka.wa.ra.ma.chi. しじょうかわらまち **四条河原町**

西 . 久 . ～ . 卡 . 哇 . 拉 . 媽 . 七

八坂神社	ya.sa.ka.ji.n.ja. やさかじんじゃ **八坂神社**

 呀 . 沙 . 卡 . 基 . 恩 . 甲

平安神宮	he.e.a.n.ji.n.gu.u. へいあんじんぐう **平安神宮**

 黑 . ～ . 阿 . 恩 . 基 . 恩 . 估 . ～

銀閣寺	gi.n.ka.ku.ji. ぎんかくじ **銀閣寺**

 哥伊 . 恩 . 卡 . 枯 . 基

東映太秦電影村	to.o.e.e.u.zu.ma.sa.e.e.ga.mu.ra. とうえいうずまさえいがむら **東映太秦映画村**

偷 . ～ . 耶 . ～ . 烏 . 茲 . 媽 . 沙 . 耶 . ～ . 嘎 . 母 . 拉

錦市場	ni.shi.ki.i.chi.ba. にしきいちば **錦市場**

尼 . 西 . 克伊 . ～ . 七 . 拔

祇園	gi.o.n. ぎおん **祇園**

 哥伊 . 歐 . 恩

清水寺	ki.yo.mi.zu.de.ra. きよみずでら **清水寺**

 克伊 . 悠 . 咪 . 茲 . 爹 . 拉

哲學之道	te.tsu.ga.ku.no.mi.chi. てつがく　みち **哲学の道**

 貼 . 豬 . 嘎 . 枯 . 諾 . 咪 . 七

金閣寺	ki.n.ka.ku.ji. きんかくじ **金閣寺**

 克伊 . 恩 . 卡 . 枯 . 基

嵐山	a.ra.shi.ya.ma. あらしやま **嵐 山**

 阿 . 拉 . 西 . 呀 . 媽

伏見稲荷大社	fu.shi.mi.i.na.ri.ta.i.sha. ふしみ い なりたいしゃ **伏見稲荷大社**

 夫.西.咪.伊.那.里.它.伊.蝦

難波	na.n.ba. なんば **難波**

那.恩.拔

道頓堀	do.o.to.n.bo.ri. どうとんぼり **道頓堀**

 都.～.偷.恩.剝.里

美國村	a.me.ri.ka.mu.ra. むら **アメリカ村**

阿.妹.里.卡.母.拉

心齋橋	shi.n.sa.i.ba.shi. しんさいばし **心斎橋**

 西.恩.沙.伊.拔.西

日本橋電電城	ni.ppo.n.ba.shi.de.n.de.n.ta.u.n. にっぽんばし **日本橋でんでんタウン**

尼.ヘ剖.恩.拔.西.爹.恩.爹.恩.它.烏.恩

黑門市場	ku.ro.mo.n.i.chi.ba. くろもんいち ば **黒門市場**

 枯.摟.某.恩.伊.七.拔

中之島	na.ka.no.shi.ma. なか の しま **中之島**

那.卡.諾.西.媽

梅田空中庭園	u.me.da.su.ka.i.bi.ru. うめ だ **梅田スカイビル**

 烏.妹.答.酥.卡.伊.逼.魯

大阪城天守閣	o.o.sa.ka.jo.o.te.n.shu.ka.ku. おおさかじょうてんしゅかく **大阪城天守閣**

歐.～.沙.卡.久.～.貼.恩.<u>西烏</u>.卡.枯

通天閣	tsu.u.te.n.ka.ku. つうてんかく **通天閣**

 豬.～.貼.恩.卡.枯

環球影城	yu.u.e.su.je.e. ユーエスジェー **U S J**

尤.～.耶.酥.接.～

❼

海遊館	ka.i.yu.u.ka.n. かいゆうかん **海遊館**

卡．伊．尤．～．卡．恩

北野異人館	ki.ta.no.i.ji.n.ka.n. きたの　いじんかん **北野異人館**

克伊．它．諾．伊．基．恩．卡．恩

神戸港	ko.o.be.ko.o. こうべこう **神戸港**

寇．～．貝．寇．～

摩耶山	ma.ya.sa.n. まやさん **摩耶山**

媽．呀．沙．恩

六甲山	ro.kko.o.sa.n. ろっこうさん **六甲山**

摟．へ寇．～．沙．恩

有馬温泉	a.ri.ma.o.n.se.n. ありま　おんせん **有馬温泉**

阿．里．媽．歐．恩．誰．恩

明石海峡 大橋	a.ka.shi.ka.i.kyo.o.o.o.ha.shi. あかし　かいきょうおおはし **明石海峡大橋**

阿．卡．西．卡．伊．卡悠．～．歐．～．哈．西

東大寺	to.o.da.i.ji. とうだいじ **東大寺**

偷．～．答．伊．基

奈良公園	na.ra.ko.o.e.n. なら　こうえん **奈良公園**

那．拉．寇．～．耶．恩

春日大社	ka.su.ga.ta.i.sha. かすが　たいしゃ **春日大社**

卡．酥．嘎．它．伊．蝦

興福寺	ko.o.fu.ku.ji. こうふくじ **興福寺**

寇．～．夫．枯．基

8 · 街道上

蔬果店，菜舖	ya.o.ya. やおや **八百屋**

 呀.歐.呀

百貨公司	de.pa.a.to. **デパート**

 爹.趴.～.偷

派出所	ko.o.ba.n. こうばん **交番**

 寇.～.拔.恩

電影院	e.e.ga.ka.n. えいがかん **映画館**

 耶.～.嘎.卡.恩

飯店，旅館	ho.te.ru. **ホテル**

后.貼.魯

旅館	ryo.ka.n. りょかん **旅館**

 溜.卡.恩

圖書館	to.sho.ka.n. としょかん **図書館**

 偷.休.卡.恩

郵局	yu.u.bi.n.kyo.ku. ゆうびんきょく **郵便局**

 尤.～.逼.恩.<u>卡悠</u>.枯

銀行	gi.n.ko.o. ぎんこう **銀行**

<u>哥伊</u>.恩.寇.～

咖啡店	ki.ssa.te.n. きっさてん **喫茶店**

 <u>克伊</u>.～沙.貼.恩

休閒飯店	ri.zo.o.to.ho.te.ru. **リゾートホテル**

 里.宙.～.偷.后.貼.魯

食堂，餐廳	sho.ku.do.o. しょくどう **食堂**

 休.枯.都.～

早中晚共 CHECK 三次　Check ❶○　Check ❷○　Check ❸○　您就是旅日達人！

教會	kyo.o.ka.i. きょうかい **教会**

 卡悠．〜．卡．伊

報社	shi.n.bu.n.sha. しんぶんしゃ **新聞社**

  西．恩．布．恩．蝦

工廠	ko.o.jo.o. こうじょう **工場**

 寇．〜．久．〜

理髮店，理髮師	to.ko.ya. とこや **床屋**

偷．寇．呀

美術館	bi.ju.tsu.ka.n. び じゅつかん **美術館**

 逼．啾．豬．卡．恩

動物園	do.o.bu.tsu.e.n. どうぶつえん **動物園**

 都．〜．布．豬．耶．恩

大使館	ta.i.shi.ka.n. たい し かん **大使館**

 它．伊．西．卡．恩

加油站	ga.so.ri.n.su.ta.n.do. **ガソリンスタンド**

 嘎．搜．里．恩．酥．它．恩．都

公園	ko.o.e.n. こうえん **公園**

 寇．〜．耶．恩

寺廟	te.ra. てら **寺**

 貼．拉

神社	ji.n.ja. じんじゃ **神社**

 基．恩．甲

店，商店	mi.se. みせ **店**

咪．誰

高樓大廈	bi.ru. **ビル**
	逼.魯

建築物， 房屋	ta.te.mo.no. たてもの **建物**
	它.貼.某.諾

公寓	a.pa.a.to. **アパート**
	阿.趴.～.偷

公司	ka.i.sha. かいしゃ **会社**
	卡.伊.蝦

花店	ha.na.ya. はな や **花屋**
	哈.那.呀

寵物店	pe.tto.sho.ppu. **ペットショップ**
	佩.～偷.休.～撲

電器行	de.n.ki.ya. でん き や **電器屋**
	爹.恩.克伊.呀

書店	ho.n.ya. ほん や **本屋**
	后.恩.呀

便利商店	ko.n.bi.ni. **コンビニ**
	寇.恩.逼.尼

家具行	ka.gu.ya. か ぐ や **家具屋**
	卡.估.呀

樂器行	ga.kki.ya. がっ き や **楽器屋**
	嘎.～克伊.呀

超市	su.u.pa.a.ma.a.ke.tto. **スーパーマーケット**
	酥.～.趴.～.媽.～.克耶.～偷

勉強を楽しむ　Have a nice trip!　旅に行こう！

公共澡堂	se.n.to.o. せんとう **銭湯**
	誰.恩.偷.～

市場	i.chi.ba. いちば **市場**
	伊.七.拔

手工藝品店	shu.ge.e.ya. しゅげい や **手芸屋**
	<u>西烏</u>.給.～.呀

舊書店	fu.ru.ho.n.ya. ふるほん や **古本屋**
	夫.魯.后.恩.呀

珠寶店	ho.o.se.ki.te.n. ほうせきてん **宝石店**
	后.～.誰.<u>克伊</u>.貼.恩

五金行	ka.na.mo.no.ya. かなもの や **金物屋**
	卡.那.某.諾.呀

購物中心	sho.ppi.n.gu.mo.o.ru. **ショッピングモール**
	休.へ披.恩.估.某.～.魯

雜貨店	za.kka.ya. ざっか や **雑貨屋**
	雜.へ卡.呀

報紙 販賣店	shi.n.bu.n.ha.n.ba.i.te.n. しんぶんはんばいてん **新聞販売店**
	西.恩.布.恩.哈.恩.拔.伊.貼.恩

文具行	bu.n.bo.o.gu.ya. ぶんぼうぐ や **文房具屋**
	布.恩.剝.～.估.呀

日式和服店	go.fu.ku.ya. ご ふく や **呉服屋**
	勾.夫.枯.呀

鞋店	ku.tsu.ya. くつ や **靴屋**
	枯.豬.呀

早中晚共 CHECK 三次　Check ❶○　Check ❷○　Check ❸○　您就是旅日達人！

倉庫	so.o.ko. そうこ **倉庫**

 搜 . 〜 . 寇

榻榻米行	ta.ta.mi.ya. たたみ や **畳屋**

 它 . 它 . 咪 . 呀

眼鏡行	me.ga.ne.ya. めがねや **眼鏡屋**

 妹 . 嘎 . 內 . 呀

藥局	ya.kkyo.ku. やっきょく **薬局**

 呀 . 〜卡悠 . 枯

報社	shi.n.bu.n.sha. しんぶんしゃ **新聞社**

 西 . 恩 . 布 . 恩 . 蝦

洗衣店	ku.ri.i.ni.n.gu.te.n. てん **クリーニング店**

 枯 . 里 . 〜 . 尼 . 恩 . 估 . 貼 . 恩

樂透販賣店	ta.ka.ra.ku.ji.u.ri.ba. たから う ば **宝くじ売り場**

 它 . 卡 . 拉 . 枯 . 基 . 烏 . 里 . 拔

電話公司	de.n.wa.kyo.ku. でん わ きょく **電話局**

 爹 . 恩 . 哇 . 卡悠 . 枯

快速 影印行	pu.ri.n.to.sho.ppu. **プリントショップ**

 撲 . 里 . 恩 . 偷 . 休 . 〜撲

民宿	pe.n.sho.n. **ペンション**

 佩 . 恩 . 休 . 恩

電視台	ho.o.so.o.kyo.ku. ほうそうきょく **放送局**

 后 . 〜 . 搜 . 〜 . 卡悠 . 枯

卡拉OK 店	ka.ra.o.ke.bo.kku.su. **カラオケボックス**

 卡 . 拉 . 歐 . 克耶 . 剝 . 〜枯 . 酥

勉強を楽しむ　Have a nice trip!　旅に行こう！

7

電動玩具店	ge.e.mu.se.n.ta.a. **ゲームセンター**

 給.～.母.誰.恩.它.～

醫院	byo.o.i.n. びょういん **病 院**

比悠.～.伊.恩

劇場	ge.ki.jo.o. げきじょう **劇 場**

給.克伊.久.～

博物館	ha.ku.bu.tsu.ka.n. はくぶつかん **博物館**

哈.枯.布.豬.卡.恩

賽車場	sa.a.ki.tto.jo.o. じょう **サーキット場**

 沙.～.克伊.ヘ偷.久.～

植物園	sho.ku.bu.tsu.e.n. しょくぶつえん **植物園**

休.枯.布.豬.耶.恩

水族館	su.i.zo.ku.ka.n. すいぞくかん **水族館**

酥.伊.宙.枯.卡.恩

主題公園	te.e.ma.pa.a.ku. **テーマパーク**

貼.～.媽.趴.～.枯

賽馬場	ke.e.ba.jo.o. けい ば じょう **競馬場**

 克耶.～.拔.久.～

賽車場	ke.e.ri.n.jo.o. けい りん じょう **競輪場**

克耶.～.里.恩.久.～

運動場	su.ta.ji.a.mu. **スタジアム**

 酥.它.基.阿.母

投幣式停車場	ko.i.n.pa.a.ku. **コインパーク**

寇.伊.恩.趴.～.枯

9・交通工具

Track 27

車子，汽車	ku.ru.ma. くるま **車** 枯.魯.媽	車，汽車	ji.do.o.sha. じ どうしゃ **自動車** 基.都.～.蝦

電車	de.n.sha. でんしゃ **電車** 爹.恩.蝦	地下鐵	chi.ka.te.tsu. ち か てつ **地下鉄** 七.卡.貼.豬

火車	ki.sha. き しゃ **汽車** 克伊.蝦	單軌電車	mo.no.re.e.ru. **モノレール** 某.諾.累.～.魯

路面電車	ro.me.n.de.n.sha. ろ めんでんしゃ **路面電車** 摟.妹.恩.爹.恩.蝦	纜車	ro.o.pu.we.i. **ロープウェイ** 摟.～.撲.威.伊

計程車	ta.ku.shi.i. **タクシー** 它.枯.西.～	摩托車	o.o.to.ba.i. **オートバイ** 歐.～.偷.拔.伊

腳踏車	ji.te.n.sha. じ てんしゃ **自転車** 基.貼.恩.蝦	巴士	ba.su. **バス** 拔.酥

早中晚共 CHECK 三次　Check ❶○　Check ❷○　Check ❸○　您就是旅日達人！

雙層巴士	ni.ka.i.da.te.ba.su. にかいだ 二階建てバス	機場巴士	ri.mu.ji.n. リムジン
	尼.卡.伊.答.貼.拔.酥		里.母.基.恩

貨車	to.ra.kku. トラック	飛機	hi.ko.o.ki. ひ こう き 飛行機
	偷.拉.ㄟ枯		喝伊.寇.～.克伊

飛行船	hi.ko.o.se.n. ひ こう せん 飛行船	直昇機	he.ri.ko.pu.ta.a. ヘリコプター
	喝伊.寇.～.誰.恩		黑.里.寇.撲.它.～

船	fu.ne. ふね 船	遊艇	yo.tto. ヨット
	夫.內		悠.ㄟ偷

渡輪（觀光 遊艇）	fe.ri.i. フェリー	潛水艦	se.n.su.i.ka.n. せんすいかん 潜水艦
	非.里.～		誰.恩.酥.伊.卡.恩

觀光船	yu.u.ra.n.se.n. ゆうらんせん 遊覧船	交通工具	no.ri.mo.no. の　　もの 乗り物
	尤.～.拉.恩.誰.恩		諾.里.某.諾

1口・ 數字、數量

Track 28

零	re.e. れい 零
累 . ～

零，沒有	ze.ro. ゼロ
瑞賊 . 攄

1	i.chi. いち 一
伊 . 七

2	ni. に 二
尼

3	sa.n. さん 三
沙 . 恩

4	shi./yo.n. し／よん 四
西 / 悠 . 恩

5	go. ご 五
勾

6	ro.ku. ろく 六
攄 . 枯

7	shi.chi./na.na. しち／なな 七
西 . 七 / 那 . 那

8	ha.chi. はち 八
哈 . 七

9	kyu.u./ku. きゅう／く 九
卡烏 . ～ / 枯

10	ju.u. じゅう 十
啾 . ～

早中晚共 CHECK 三次　Check ❶○　Check ❷○　Check ❸○　您就是旅日達人！

11	ju.u.i.chi. じゅういち **十一**
	啾.〜.伊.七

12	ju.u.ni. じゅう に **十二**
	啾.〜.尼

13	ju.u.sa.n. じゅうさん **十三**
	啾.〜.沙.恩

14	ju.u.yo.n./ju.u.shi. じゅうよん／じゅうし **十 四**
	啾.〜.悠.恩／啾.〜.西

15	ju.u.go. じゅう ご **十五**
	啾.〜.勾

16	ju.u.ro.ku. じゅうろく **十六**
	啾.〜.摟.枯

17	ju.u.shi.chi./ju.u.na.na. じゅうしち／じゅうなな **十 七**
	啾.〜.西.七／啾.〜.那.那

18	ju.u.ha.chi. じゅうはち **十八**
	啾.〜.哈.七

19	ju.u.kyu.u./ju.u.ku. じゅうきゅう／じゅうく **十 九**
	啾.〜.卡烏.〜／啾.〜.枯

20	ni.ju.u. に じゅう **二十**
	尼.啾.〜

30	sa.n.ju.u. さんじゅう **三十**
	沙.恩.啾.〜

40	yo.n.ju.u. よんじゅう **四十**
	悠.恩.啾.〜

50	go.ju.u. ご じゅう **五十** 勾 . 啾 . 〜	60	ro.ku.ju.u. ろくじゅう **六十** 摟 . 枯 . 啾 . 〜
70	na.na.ju.u. ななじゅう **七十** 那 . 那 . 啾 . 〜	80	ha.chi.ju.u. は ちじゅう **八十** 哈 . 七 . 啾 . 〜
90	kyu.u.ju.u. きゅうじゅう **九十** 卡烏 . 〜 . 啾 . 〜	100	hya.ku. ひゃく **百** 喝呀 . 枯
200	ni.hya.ku. に ひゃく **二百** 尼 . 喝呀 . 枯	300	sa.n.bya.ku. さんびゃく **三百** 沙 . 恩 . 逼呀 . 枯
400	yo.n.hya.ku. よんひゃく **四百** 悠 . 恩 . 喝呀 . 枯	500	go.hya.ku. ご ひゃく **五百** 勾 . 喝呀 . 枯
600	ro.ppya.ku. ろっぴゃく **六百** 摟 . ㄟ披呀 . 枯	700	na.na.hya.ku. ななひゃく **七百** 那 . 那 . 喝呀 . 枯

早中晚共 CHECK 三次　Check ❶◯　Check ❷◯　Check ❸◯　您就是旅日達人！

800	ha.ppya.ku. はっぴゃく **八百**	900	kyu.u.hya.ku. きゅうひゃく **九百**
	哈 . へ披呀 . 枯		<u>卡烏</u> . 〜 . 喝呀 . 枯
1,000	se.n. せん **千**	2,000	ni.se.n. に せん **二千**
	誰 . 恩		尼 . 誰 . 恩
3,000	sa.n.ze.n. さんぜん **三千**	4,000	yo.n.se.n. よんせん **四千**
	沙 . 恩 . 瑞賊 . 恩		悠 . 恩 . 誰 . 恩
5,000	go.se.n. ご せん **五千**	6,000	ro.ku.se.n. ろくせん **六千**
	勾 . 誰 . 恩		撈 . 枯 . 誰 . 恩
7,000	na.na.se.n. ななせん **七千**	8,000	ha.sse.n. はっせん **八千**
	那 . 那 . 誰 . 恩		哈 . へ誰 . 恩
9,000	kyu.u.se.n. きゅうせん **九千**	10,000	i.chi.ma.n. いちまん **一万**
	<u>卡烏</u> . 〜 . 誰 . 恩		伊 . 七 . 媽 . 恩

早中晚共 CHECK 三次　Check ❶○　Check ❷○　Check ❸○　您就是旅日達人！

勉強を楽しむ　Have a nice trip!　旅に行こう！

141

1,000,000	hya.ku.ma.n. ひゃくまん **百万**	10,000,000	se.n.ma.n. せんまん **千万**

喝呀.枯.媽.恩　　　　誰.恩.媽.恩

100,000,000	i.chi.o.ku. いちおく **一億**	一個，一歲	hi.to.tsu. ひと **一つ**

伊.七.歐.枯　　　　喝伊.偷.豬

兩個，兩歲	fu.ta.tsu. ふた **二つ**	三個，三歲	mi.ttsu. みっ **三つ**

夫.它.豬　　　　咪.ㄟ豬

四個，四歲	yo.ttsu. よっ **四つ**	五個，五歲	i.tsu.tsu. いつ **五つ**

悠.ㄟ豬　　　　伊.豬.豬

六個，六歲	mu.ttsu. むっ **六つ**	七個，七歲	na.na.tsu. なな **七つ**

母.ㄟ豬　　　　那.那.豬

八個，八歲	ya.ttsu. やっ **八つ**	九個，九歲	ko.ko.no.tsu. ここの **九つ**

呀.ㄟ豬　　　　寇.寇.諾.豬

11 • 時間、月份、日期、星期

Track 29

1 點	i.chi.ji. いち じ **1 時**	2 點	ni.ji. に じ **2 時**
	伊.七.基		尼.基

3 點	sa.n.ji. さん じ **3 時**	4 點	yo.ji. よ じ **4 時**
	沙.恩.基		悠.基

5 點	go.ji. ご じ **5 時**	6 點	ro.ku.ji. ろ く じ **6 時**
	勾.基		摟.枯.基

7 點	shi.chi.ji. しち じ **7 時**	8 點	ha.chi.ji. はち じ **8 時**
	西.七.基		哈.七.基

9 點	ku.ji. く じ **9 時**	10 點	ju.u.ji. じゅう じ **10 時**
	枯.基		啾.～.基

11 點	ju.u.i.chi.ji. じゅういち じ **1 1 時**	12 點	ju.u.ni.ji. じゅうに じ **1 2 時**
	啾.～.伊.七.基		啾.～.尼.基

早中晚共 CHECK 三次　Check ❶○　Check ❷○　Check ❸○　您就是旅日達人！

143

幾點	na.n.ji. なんじ **何時**
	那.恩.基

1分	i.ppu.n. いっぷん **1分**
	伊.ㄟ撲.恩

2分	ni.fu.n. にふん **2分**
	尼.夫.恩

3分	sa.n.pu.n. さんぷん **3分**
	沙.恩.撲.恩

4分	yo.n.pu.n. よんぷん **4分**
	悠.恩.撲.恩

5分	go.fu.n. ごふん **5分**
	勾.夫.恩

6分	ro.ppu.n. ろっぷん **6分**
	擻.ㄟ撲.恩

7分	na.na.fu.n./shi.chi.fu.n. ななふん／しちふん **7 分**
	那.那.夫.恩／西.七.夫.恩

8分	ha.chi.fu.n./ha.ppu.n. はちふん／はっぷん **8 分**
	哈.七.夫.恩／哈.ㄟ撲.恩

9分	kyu.u.fu.n. きゅうふん **9分**
	卡烏.～.夫.恩

10分	ju.ppu.n./ji.ppu.n. じゅっぷん／じっぷん **１０分**
	啾.ㄟ撲.恩／基.ㄟ撲.恩

15分	ju.u.go.fu.n. じゅうごふん **１５分**
	啾.～.勾.夫.恩

早中晚共 CHECK 三次　Check ❶○　Check ❷○　Check ❸○　您就是旅日達人！

| 30分 | sa.n.ju.ppu.n./sa.n.ji.ppu.n.
さんじゅっぷん／さんじっぷん
３０ 分 |
沙.恩.啾.ㄑ撲.恩/沙.恩.基.ㄑ撲.恩

| 1月 | i.chi.ga.tsu.
いちがつ
一月 |
伊.七.嘎.豬

| 2月 | ni.ga.tsu.
に　がつ
二月 |
尼.嘎.豬

| 3月 | sa.n.ga.tsu.
さんがつ
三月 |
沙.恩.嘎.豬

| 4月 | shi.ga.tsu.
し　がつ
四月 |
西.嘎.豬

| 5月 | go.ga.tsu.
ご　がつ
五月 |
勾.嘎.豬

| 6月 | ro.ku.ga.tsu.
ろくがつ
六月 |
摟.枯.嘎.豬

| 7月 | shi.chi.ga.tsu.
しちがつ
七月 |
西.七.嘎.豬

| 8月 | ha.chi.ga.tsu.
はちがつ
八月 |
哈.七.嘎.豬

| 9月 | ku.ga.tsu.
く　がつ
九月 |
枯.嘎.豬

| 10月 | ju.u.ga.tsu.
じゅうがつ
十月 |
啾.～.嘎.豬

| 11月 | ju.u.i.chi.ga.tsu.
じゅういちがつ
十一月 |
啾.～.伊.七.嘎.豬

12 月	ju.u.ni.ga.tsu. じゅう に がつ **十二月**

啾．～．尼．嘎．豬

1 號	tsu.i.ta.chi. ついたち **一日**

豬．伊．它．七

2 號	fu.tsu.ka. ふつか **二日**

夫．豬．卡

3 號	mi.kka. みっか **三日**

咪．へ卡

4 號	yo.kka. よっか **四日**

悠．へ卡

5 號	i.tsu.ka. いつ か **五日**

伊．豬．卡

6 號	mu.i.ka. むい か **六日**

母．伊．卡

7 號	na.no.ka. なの か **七日**

那．諾．卡

8 號	yo.o.ka. よう か **八日**

悠．～．卡

9 號	ko.ko.no.ka. ここの か **九日**

寇．寇．諾．卡

10 號	to.o.ka. とお か **十日**

偷．～．卡

11 號	ju.u.i.chi.ni.chi. じゅういちにち **十一日**

啾．～．伊．七．尼．七

早中晚共 CHECK 三次　Check ❶○　Check ❷○　Check ❸○　您就是旅日達人！

❼

12 號	ju.u.ni.ni.chi. じゅう に にち **十二日**

 啾.～.尼.尼.七

13 號	ju.u.sa.n.ni.chi. じゅうさんにち **十三日**

 啾.～.沙.恩.尼.七

14 號	ju.u.yo.kka. じゅうよっ か **十四日**

 啾.～.悠.ㄟ卡

15 號	ju.u.go.ni.chi. じゅう ご にち **十五日**

 啾.～.勾.尼.七

16 號	ju.u.ro.ku.ni.chi. じゅうろくにち **十六日**

 啾.～.攖.枯.尼.七

17 號	ju.u.shi.chi.ni.chi. じゅうしちにち **十七日**

 啾.～.西.七.尼.七

18 號	ju.u.ha.chi.ni.chi. じゅうはち にち **十八日**

 啾.～.哈.七.尼.七

19 號	ju.u.ku.ni.chi. じゅう く にち **十九日**

啾.～.枯.尼.七

20 號	ha.tsu.ka. は つ か **二十日**

哈.豬.卡

21 號	ni.ju.u.i.chi.ni.chi. に じゅういちにち **二十一日**

 尼.啾.～.伊.七.尼.七

22 號	ni.ju.u.ni.ni.chi. に じゅう に にち **二十二日**

尼.啾.～.尼.尼.七

23 號	ni.ju.u.sa.n.ni.chi. に じゅうさんにち **二十三日**

 尼.啾.～.沙.恩.尼.七

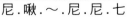 早中晚共 CHECK 三次　Check ❶○　Check ❷○　Check ❸○　您就是旅日達人！

24 號	ni.ju.u.yo.kka. に じゅうよっか **二十四日**

 尼.啾.～.悠.ㄟ卡

25 號	ni.ju.u.go.ni.chi. に じゅう ご にち **二十五日**

 尼.啾.～.勾.尼.七

26 號	ni.ju.u.ro.ku.ni.chi. に じゅうろくにち **二十六日**

 尼.啾.～.摟.枯.尼.七

27 號	ni.ju.u.shi.chi.ni.chi. に じゅうしちにち **二十七日**

 尼.啾.～.西.七.尼.七

28 號	ni.ju.u.ha.chi.ni.chi. に じゅうはちにち **二十八日**

 尼.啾.～.哈.七.尼.七

29 號	ni.ju.u.ku.ni.chi. に じゅう く にち **二十九日**

 尼.啾.～.枯.尼.七

30 號	sa.n.ju.u.ni.chi. さんじゅうにち **三十日**

 沙.恩.啾.～.尼.七

31 號	sa.n.ju.u.i.chi.ni.chi. さんじゅういちにち **三十一日**

 沙.恩.啾.～.尼.七

星期日	ni.chi.yo.o.bi. にちようび **日曜日**

 尼.七.悠.～.逼

星期一	ge.tsu.yo.o.bi. げつようび **月曜日**

 給.豬.悠.～.逼

星期二	ka.yo.o.bi. かようび **火曜日**

 卡.悠.～.逼

星期三	su.i.yo.o.bi. すいようび **水曜日**

 酥.伊.悠.～.逼

早中晚共 CHECK 三次　Check ❶○　Check ❷○　Check ❸○　您就是旅日達人！

❼

星期四	mo.ku.yo.o.bi. もくようび **木曜日**

 某.枯.悠.～.逼

星期五	ki.n.yo.o.bi. きんようび **金曜日**

 <u>克伊</u>.恩.悠.～.逼

星期六	do.yo.o.bi. どようび **土曜日**

 <u>克伊</u>.恩.悠.～.逼

星期幾	na.n.yo.o.bi. なんようび **何曜日**

 那.恩.悠.～.逼

12　親愛的家人

家人，家庭	ka.zo.ku. かぞく **家族**
	卡.宙.枯

爺爺；外公； 老公公	o.ji.i.sa.n. **おじいさん**
	歐.基.～.沙.恩

祖父；外公	so.fu. そ ふ **祖父**
	搜.夫

奶奶；外婆； 老奶奶	o.ba.a.sa.n. **おばあさん**
	歐.拔.～.沙.恩

祖母；外婆	so.bo. そ ぼ **祖母**
	搜.剝

爸爸，父親； 您父親	o.to.o.sa.n. とう **お父さん**
	歐.偷.～.沙.恩

爸爸，父親	chi.chi. ち ち **父**
	七.七

媽媽，母親； 您母親	o.ka.a.sa.n. かあ **お母さん**
	歐.卡.～.沙.恩

媽媽，母親	ha.ha. はは **母**
	哈.哈

叔叔；伯父； 舅舅	o.ji.sa.n. **おじさん**
	歐.基.沙.恩

阿姨；姑姑	o.ba.sa.n. **おばさん**
	歐.拔.沙.恩

哥哥	o.ni.i.sa.n. にい **お兄さん**
	歐.尼.～.沙.恩

哥哥	a.ni. あに 兄
阿.尼

姉姉	o.ne.e.sa.n. ねえ お姉さん
歐.內.～.沙.恩

姉姉	a.ne. あね 姉
阿.內

弟弟	o.to.o.to. おとうと 弟
歐.偷.～.偷

妹妹	i.mo.o.to. いもうと 妹
伊.某.～.偷

父母，雙親	ryo.o.shi.n. りょうしん 両親
溜.～.西.恩

父母	o.ya. おや 親
歐.呀

兄弟姉妹	kyo.o.da.i. きょうだい 兄弟
卡悠.～.答.伊

姉妹	shi.ma.i. しまい 姉妹
西.媽.伊

您先生，您 丈夫	go.shu.ji.n. しゅじん ご主人
勾.西烏.基.恩

太太，尊夫 人	o.ku.sa.n. おく 奥さん
歐.枯.沙.恩

妻子，內人	ka.na.i. かない 家内
卡.那.伊

妻子，我太太	tsu.ma. つま **妻**
	豬.媽

夫妻	fu.u.fu. ふう ふ **夫婦**
	夫.～.夫

孩子	ko.do.mo. こ ども **子供**
	寇.都.某

兒子	mu.su.ko.sa.n. む す こ **息子さん**
	母.酥.寇.沙.恩

女兒	mu.su.me.sa.n. むすめ **娘さん**
	母.酥.妹.沙.恩

您孩子	o.ko.sa.n. こ **お子さん**
	歐.寇.沙.恩

您女兒，令嬡	o.jo.o.sa.n. じょう **お嬢さん**
	歐.久.～.沙.恩

13 ● 身體

身體	ka.ra.da. からだ **体**
	卡.拉.答

頭	a.ta.ma. あたま **頭**
	阿.它.媽

頭髮	ka.mi. かみ **髪**
	卡.咪

額頭	hi.ta.i. **ひたい**
	喝伊.它.伊

臉	ka.o. かお **顔**
	卡.歐

眼睛	me. め **目**
	妹

眉毛	ma.yu. まゆ **眉**
	媽.尤

睫毛	ma.tsu.ge. **まつげ**
	媽.豬.給

鼻	ha.na. はな **鼻**
	哈.那

口	ku.chi. くち **口**
	枯.七

唇	ku.chi.bi.ru. **くちびる**
	枯.七.逼.魯

齒	ha. は **歯**
	哈

早中晚共 CHECK 三次　Check ❶○　Check ❷○　Check ❸○　您就是旅日達人！

153

耳	mi.mi. みみ **耳** 咪.咪

臉頰	ho.o. **ほお** 后.歐

下顎	a.go. **あご** 阿.勾

鬍鬚	hi.ge. **ひげ** <u>喝伊</u>.給

脖子	ku.bi. くび **首** 枯.逼

喉嚨	no.do. のど **喉** 諾.都

肚子	o.na.ka. **おなか** 歐.那.卡

腰	ko.shi. こし **腰** 寇.西

手腕	u.de. うで **腕** 烏.爹

手	te. て **手** 貼

手指	yu.bi. ゆび **指** 尤.逼

食指	hi.to.sa.shi.yu.bi. ひ と さ ゆび **人差し指** <u>喝伊</u>.偷.沙.西.尤.逼

腳	a.shi. あし **足**
	阿.西

膝蓋	hi.za. **ひざ**
	喝伊.雜

腳踝	ka.ka.to. **かかと**
	卡.卡.偷

身高；身材	se./se.e. せ／せい **背**
	誰／誰.～

智齒	o.ya.shi.ra.zu. おやし **親知らず**
	歐.呀.西.拉.茲

骨	ho.ne. ほね **骨**
	后.內

大腿	mo.mo. **もも**
	某.某

腳尖	tsu.ma.sa.ki. **つまさき**
	豬.媽.沙.克伊

背	se.na.ka. せ なか **背中**
	誰.那.卡

假牙	i.re.ba. い ば **入れ歯**
	伊.累.拔

肌肉	ki.n.ni.ku. きんにく **筋肉**
	克伊.恩.尼.枯

關節	ka.n.se.tsu. かんせつ **関節**
	卡.恩.誰.豬

内臓	na.i.zo.o. ないぞう **内臓**

那.伊.宙.～

脳	no.o. のう **脳**
諾.～

食道	sho.ku.do.o. しょくどう **食道**
休.枯.都.～

心臓	shi.n.zo.o. しんぞう **心臓**
西.恩.宙.～

肺	ha.i. はい **肺**
哈.伊

胃	i. い **胃**
伊

腎臓	ji.n.zo.o. じんぞう **腎臓**
基.恩.宙.～

肝臓	ka.n.zo.o. かんぞう **肝臓**

卡.恩.宙.～

腸	cho.o. ちょう **腸**

秋.～

血管	ke.kka.n. けっかん **血管**
克耶.へ卡.恩

8

旅遊人氣
寒暄語及會話

寒暄語

1 ・ 一開口就要受歡迎

早安！

o.ha.yo.o.

おはよう！

歐.哈.悠.～.

早安！

o.ha.yo.o.go.za.i.ma.su.

おはようございます。

歐.哈.悠.～.勾.雜.伊.媽.酥.

你好！

ko.n.ni.chi.wa.

こんにちは。

寇.恩.尼.七.哇.

晚安！

ko.n.ba.n.wa.

こんばんは。

寇.恩.拔.恩.哇.

晚安！

o.ya.su.mi.na.sa.i.

おやすみなさい。

歐.呀.酥.咪.那.沙.伊.

再見！

sa.yo.o.na.ra.

さようなら。

沙.悠.～.那.拉.

早中晚共 CHECK 三次　Check ❶○　Check ❷○　Check ❸○　您就是旅日達人！

承蒙關照了。

o.se.wa.ni.na.ri.ma.shi.ta.

お世話になりました。

歐．誰．哇．尼．那．里．媽．西．它．

多保重！

o.ge.n.ki.de.

お元気で。

歐．給．恩．克伊．爹．

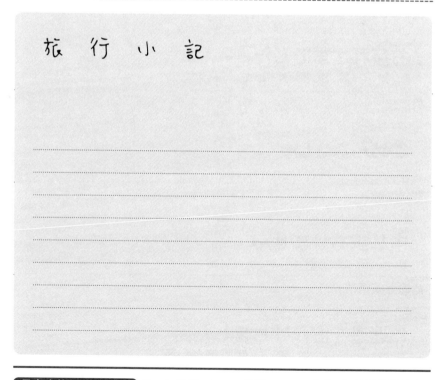

旅 行 小 記

寒暄語

2・謝謝，不好意思啦

謝謝。

a.ri.ga.to.o.

ありがとう。

阿.里.嘎.偷.～.

非常感謝。

a.ri.ga.to.o.go.za.i.ma.su.

ありがとうございます。

阿.里.嘎.偷.～.勾.雜.伊.媽.酥.

您辛苦啦！

o.tsu.ka.re.sa.ma.de.shi.ta.

お疲れさまでした。

歐.豬.卡.累.沙.媽.爹.西.它.

對不起。

go.me.n.na.sa.i.

ごめんなさい。

勾.妹.恩.那.沙.伊.

非常抱歉。

mo.o.shi.wa.ke.a.ri.ma.se.n.

申し訳ありません。

某.～.西.哇.克耶.阿.里.媽.誰.恩.

給您添麻煩了。

go.me.e.wa.ku.o.o.ka.ke.shi.ma.shi.ta.

ご迷惑をおかけしました。

勾.妹.～.哇.枯.歐.歐.卡.克耶.西.媽.西.它.

早中晚共 CHECK 三次　Check ❶○　Check ❷○　Check ❸○　您就是旅日達人！

失禮了。

shi.tsu.re.e.shi.ma.shi.ta.
しつれい
失礼しました。

西.豬.累.～.西.媽.西.它.

旅　行　小　記

3・入房退房使用的日語

Track **34**

我要住宿登記。

che.kku.i.n.o.o.ne.ga.i.shi.ma.su.

☑ **チェックインをお願いします。**

切.へ枯.伊.恩.歐.歐.內.嘎.伊.西.媽.酥.

我有預約。

yo.ya.ku.shi.te.a.ri.ma.su.

☑ **予約してあります。**

悠.呀.枯.西.貼.阿.里.媽.酥.

我已經預約好了，叫○○。

yo.ya.ku.o.shi.ta.○○.de.su.

☑ **予約をした○○です。**

悠.呀.枯.歐.西.它.○○.爹.酥.

早餐幾點開始呢？

cho.o.sho.ku.wa.na.n.ji.ka.ra.de.su.ka.

☑ **朝食は何時からですか。**

秋.～.休.枯.哇.那.恩.基.卡.拉.爹.酥.卡.

幾點退房呢？

che.kku.a.u.to.wa.na.n.ji.de.su.ka.

☑ **チェックアウトは何時ですか。**

切.へ枯.阿.烏.偷.哇.那.恩.基.爹.酥.卡.

早中晚共 CHECK 三次　　Check ❶○　Check ❷○　Check ❸○　您就是旅日達人！

勉強を楽しむ　Have a nice trip!　旅に行こう!

❽

我要退房。

che.kku.a.u.to.o.o.ne.ga.i.shi.ma.su.

☐ **チェックアウトをお願^{ねが}いします。**

切.へ枯.阿.烏.偸.～.歐.內.嘎.伊.西.媽.酥.

可以幫我保管貴重物品嗎？

ki.cho.o.hi.n.o.a.zu.ka.tte.mo.ra.e.ma.su.ka.

☐ **貴重品^{き ちょうひん}を預^{あず}かってもらえますか。**

克伊.秋.～.喝伊.恩.歐.阿.茲.卡.へ貼.某.拉.耶.媽.酥.卡.

我想要寄放行李。

ni.mo.tsu.o.a.zu.ke.ta.i.no.de.su.ga.

☐ **荷物^{に もつ}を預^{あず}けたいのですが。**

尼.某.豬.歐.阿.茲.克耶.它.伊.諾.爹.酥.嘎.

我要叫醒服務。

mo.o.ni.n.gu.ko.o.ru.o.o.ne.ga.i.shi.ma.su.

☐ **モーニングコールをお願^{ねが}いします。**

某.～.尼.恩.估.寇.～.魯.歐.歐.內.嘎.伊.西.媽.酥.

請借我加濕器。

ka.shi.tsu.ki.o.ka.shi.te.ku.da.sa.i.

☐ **加湿器^{か しつき}を貸^かしてください。**

卡.西.豬.克伊.歐.卡.西.貼.枯.答.沙.伊.

早中晚共 CHECK 三次 　Check ❶○　Check ❷○　Check ❸○　您就是旅日達人！

163

請借我熨斗。

a.i.ro.n.o.ka.shi.te.ku.da.sa.i.

☐ **アイロンを貸してください。**

阿 . 伊 . 攏 . 恩 . 歐 . 卡 . 西 . 貼 . 枯 . 答 . 沙 . 伊 .

有會說中文的
人嗎？

chu.u.go.ku.go.o.ha.na.se.ru.hi.to.wa.i.ma.su.ka.

☐ **中国語を話せる人はいますか。**

七烏 . ～ . 勾 . 枯 . 勾 . 歐 . 哈 . 那 . 誰 . 魯 . 喝伊 . 偷 . 哇 . 伊 . 媽 . 酥 . 卡 .

附近有便利商
店嗎？

chi.ka.ku.ni.ko.n.bi.ni.wa.a.ri.ma.su.ka.

☐ **近くにコンビニはありますか。**

七 . 卡 . 枯 . 尼 . 寇 . 恩 . 逼 . 尼 . 哇 . 阿 . 里 . 媽 . 酥 . 卡 .

可以使用網路
嗎？

i.n.ta.a.ne.tto.wa.ri.yo.o.de.ki.ma.su.ka.

☐ **インターネットは利用できますか。**

伊 . 恩 . 它 . ～ . 內 . ～偷 . 哇 . 里 . 悠 . ～ . 爹 . 克伊 . 媽 . 酥 . 卡 .

附近有好吃的
餐廳嗎？

chi.ka.ku.ni.o.i.shi.i.re.su.to.ra.n.wa.a.ri.ma.su.ka.

☐ **近くにおいしいレストランはありますか。**

七 . 卡 . 枯 . 尼 . 歐 . 伊 . 西 . ～ . 累 . 酥 . 偷 . 拉 . 恩 . 哇 . 阿 . 里 . 媽 . 酥 . 卡 .

早中晚共 CHECK 三次　　Check ❶○　Check ❷○　Check ❸○　您就是旅日達人！

8

幫我叫計程車。	ta.ku.shi.i.o.yo.n.de.ku.da.sa.i. ☐ **タクシーを呼んでください。** 它.枯.西.～.歐.悠.恩.爹.枯.答.沙.伊.

緊急出口在哪裡？	hi.jo.o.gu.chi.wa.do.ko.de.su.ka. ☐ **非常口はどこですか。** <u>喝伊</u>.久.～.估.七.哇.都.寇.爹.酥.卡.

鑰匙不見了。	ka.gi.o.na.ku.shi.te.shi.ma.tta.no.de.su.ga. ☐ **鍵をなくしてしまったのですが。** 卡.<u>哥伊</u>.歐.那.枯.西.貼.西.媽.～它.諾.爹.酥.嘎.

熱水不夠熱。	o.yu.ga.nu.ru.i.no.de.su.ga. ☐ **お湯がぬるいのですが。** 歐.尤.嘎.奴.魯.伊.諾.爹.酥.嘎.

廁所沒有水。	to.i.re.no.mi.zu.ga.na.ga.re.na.i.no.de.su.ga. ☐ **トイレの水が流れないのですが。** 偷.伊.累.諾.咪.茲.嘎.那.嘎.累.那.伊.諾.爹.酥.嘎.

早中晚共 CHECK 三次 Check **❶**○ Check **❷**○ Check **❸**○ 您就是旅日達人！

| 沒有熱水。 | o.yu.ga.de.na.i.no.de.su.ga.
☐ **お湯が出ないのですが。**
歐．尤．嘎．爹．那．伊．諾．爹．酥．嘎． |

| 電視打不開。 | te.re.bi.ga.tsu.ka.na.i.no.de.su.ga.
☐ **テレビがつかないのですが。**
貼．累．逼．嘎．豬．卡．那．伊．諾．爹．酥．嘎． |

| 房間好冷。 | he.ya.ga.sa.mu.i.no.de.su.ga.
☐ **部屋が寒いのですが。**
黑．呀．嘎．沙．母．伊．諾．爹．酥．嘎． |

| 隔壁的人很吵。 | to.na.ri.no.he.ya.ga.u.ru.sa.i.no.de.su.ga.
☐ **隣の部屋がうるさいのですが。**
偷．那．里．諾．黑．呀．嘎．烏．魯．沙．伊．諾．爹．酥．嘎． |

| 幫我換別的房間。 | chi.ga.u.he.ya.ni.shi.te.ku.da.sa.i.
☐ **違う部屋にしてください。**
七．嘎．烏．黑．呀．尼．西．貼．枯．答．沙．伊． |

早中晚共 CHECK 三次 Check ❶○　Check ❷○　Check ❸○　您就是旅日達人！

❽

房間的燈打不開。

de.n.ki.ga.tsu.ka.na.i.no.de.su.ga.

<ruby>電<rt>でん</rt></ruby><ruby>気<rt>き</rt></ruby>がつかないのですが。

爹.恩.克伊.嘎.豬.卡.那.伊.諾.爹.酥.嘎.

旅　行　小　記

4・享用美食使用的日語

我們有三個人，有位子嗎？

sa.n.ni.n.de.su.ga.se.ki.wa.a.ri.ma.su.ka.

☐ **3人ですが、席はありますか。**

沙.恩.尼.恩.爹.酥.嘎.誰.克伊.哇.阿.里.媽.酥.卡.

要等多久？

do.no.ku.ra.i.ma.chi.ma.su.ka.

☐ **どのくらい待ちますか。**

都.諾.枯.拉.伊.媽.七.媽.酥.卡.

我要窗邊的座位。

ma.do.ga.wa.no.se.ki.ga.i.i.no.de.su.ga.

☐ **窓側の席がいいのですが。**

媽.都.嘎.哇.諾.誰.克伊.嘎.伊.～.諾.爹.酥.嘎.

有個室的嗎？

ko.shi.tsu.wa.a.ri.ma.su.ka.

☐ **個室はありますか。**

寇.西.豬.哇.阿.里.媽.酥.卡.

套餐要多少錢？

ko.o.su.wa.i.ku.ra.de.su.ka.

☐ **コースはいくらですか。**

寇.～.酥.哇.伊.枯.拉.爹.酥.卡.

早中晚共 CHECK 三次　　Check ❶○　Check ❷○　Check ❸○　您就是旅日達人！

有不辣的料理嗎？

ka.ra.ku.na.i.ryo.o.ri.wa.a.ri.ma.su.ka.

☐ 辛くない料理はありますか。

卡.拉.枯.那.伊.溜.～.里.哇.阿.里.媽.酥.卡.

麻煩我要點菜。

chu.u.mo.n.o.o.ne.ga.i.shi.ma.su.

☐ 注文をお願いします。

七烏.～.某.恩.歐.歐.內.嘎.伊.西.媽.酥.

不要太辣。

ka.ra.sa.hi.ka.e.me.ni.shi.te.ku.da.sa.i.

☐ 辛さ控えめにしてください。

卡.拉.沙.喝伊.卡.耶.妹.尼.西.貼.枯.答.沙.伊.

給我熱毛巾。

o.shi.bo.ri.o.ku.da.sa.i.

☐ おしぼりをください。

歐.西.剝.里.歐.枯.答.沙.伊.

給我筷子。

o.ha.shi.o.ku.da.sa.i.

☐ お箸をください。

歐.哈.西.歐.枯.答.沙.伊.

早中晚共 CHECK 三次　Check ❶○　Check ❷○　Check ❸○　您就是旅日達人！

有中文的菜單嗎？

chu.u.go.ku.go.no.me.nyu.u.wa.a.ri.ma.su.ka.

☐ 中国語のメニューはありますか。

七烏.～.勾.枯.勾.諾.妹.牛.～.哇.阿.里.媽.酥.卡.

給我看菜單。

me.nyu.u.o.mi.se.te.ku.da.sa.i.

☐ メニューを見せてください。

妹.牛.～.歐.咪.誰.貼.枯.答.沙.伊.

有什麼推薦的？

o.su.su.me.wa.na.n.de.su.ka.

☐ お薦めは何ですか。

歐.酥.酥.妹.哇.那.恩.爹.酥.卡.

我想吃日本料理。

ni.ho.n.ryo.o.ri.ga.ta.be.ta.i.de.su.

☐ 日本料理が食べたいです。

尼.后.恩.溜.～.里.嘎.它.貝.它.伊.爹.酥.

我想吃道地的壽司跟天婦羅。

ho.n.ba.no.o.su.shi.to.te.n.pu.ra.ga.ta.be.ta.i.de.su.

☐ 本場のおすしと天ぷらが食べたいです。

后.恩.拔.諾.歐.酥.西.偷.貼.恩.撲.拉.嘎.它.貝.它.伊.爹.酥.

早中晚共 CHECK 三次　Check ❶○　Check ❷○　Check ❸○　您就是旅日達人！

8

什麼最好吃？	na.ni.ga.i.chi.ba.no.i.shi.i.de.su.ka. **何が一番おいしいですか。** 那.尼.嘎.伊.七.拔.恩.歐.伊.西.～.爹.酥.卡.

一樣的東西， 給我們兩個。	o.na.ji.mo.no.o.fu.ta.tsu.ku.da.sa.i. **同じものを二つください。** 歐.那.基.某.諾.歐.夫.它.豬.枯.答.沙.伊.

給我這個。	ko.re.o.ku.da.sa.i. **これをください。** 寇.累.歐.枯.答.沙.伊.

給我跟那個一 樣的東西。	a.re.to.o.na.ji.mo.no.o.ku.da.sa.i. **あれと同じものをください。** 阿.累.偷.歐.那.基.某.諾.歐.枯.答.沙.伊.

「竹」套餐三 人份。	ta.ke.sa.n.ni.n.ma.e.ku.da.sa.i. **竹３人前ください。** 它.克耶.沙.恩.尼.恩.媽.耶.枯.答.沙.伊.

早中晚共 CHECK 三次　Check ❶○　Check ❷○　Check ❸○　您就是旅日達人！

171

我要Ｃ定食。	wa.ta.shi.wa.shi.i.te.e.sho.ku.ni.shi.ma.su.
	私はＣ定食にします。
	哇.它.西.哇.西.～.貼.～.休.枯.尼.西.媽.酥.

您咖啡要什麼時候用呢？	ko.o.hi.i.wa.i.tsu.o.mo.chi.shi.ma.su.ka.
	コーヒーはいつお持ちしますか。
	寇.～.喝伊.～.哇.伊.豬.歐.某.七.西.媽.酥.卡.

麻煩餐前／餐後幫我送上。	sho.ku.ze.n./ sho.ku.go.ni.o.ne.ga.i.shi.ma.su.
	食前／食後にお願いします。
	休.枯.瑞賊.恩.／休.枯.勾.尼.歐.內.嘎.伊.西.媽.酥.

可以吃了嗎？	mo.o.ta.be.te.i.i.de.su.ka.
	もう食べていいですか。
	某.～.它.貝.貼.伊.～.爹.酥.卡.

開動啦！	i.ta.da.ki.ma.su.
	いただきます。
	伊.它.答.克伊.媽.酥.

早中晚共 CHECK 三次 　Check ❶○　Check ❷○　Check ❸○　您就是旅日達人！

8

這要怎麼吃呢？	ko.re.wa.do.o.ya.tte.ta.be.ru.no.de.su.ka. ☐ これはどうやって食べるのですか。 寇.累.哇.都.～.呀.^貼.它.貝.魯.諾.爹.酥.卡.

我沒有點這個。	ko.re.wa.chu.u.mo.n.shi.te.i.ma.se.n. ☐ これは注文していません。 寇.累.哇.<u>七烏</u>.～.某.恩.西.貼.伊.媽.誰.恩.

給我白／紅葡萄酒。	shi.ro./ a.ka.wa.i.n.o.ku.da.sa.i. ☐ 白／赤ワインをください。 西.撟.／阿.卡.哇.伊.恩.歐.枯.答.沙.伊.

給我兩杯生啤酒。	na.ma.bi.i.ru.fu.ta.tsu.ku.da.sa.i. ☐ 生ビール二つください。 那.媽.逼.～.魯.夫.它.豬.枯.答.沙.伊.

下酒菜幫我適當配一下。	tsu.ma.mi.wa.o.ma.ka.se.de. ☐ つまみはおまかせで。 豬.媽.咪.哇.歐.媽.卡.誰.爹.

面白い日本語　Have a nice trip!

| 再給我一瓶啤酒。 | bi.i.ru.o.mo.o.i.ppo.n.ku.da.sa.i.
ビールをもう1本ください。
逼．～．魯．歐．某．～．伊．へ剖．恩．枯．答．沙．伊． |

| 廁所在哪裡呢？ | to.i.re.wa.do.ko.de.su.ka.
トイレはどこですか。
偷．伊．累．哇．都．寇．爹．酥．卡． |

| 請給我烤雞肉串一人份。 | ya.ki.to.ri.i.chi.ni.n.ma.e.ku.da.sa.i.
焼き鳥1人前ください。
呀．克伊．偷．里．～．七．尼．恩．媽．耶．枯．答．沙．伊． |

| 給我一個烤地瓜。 | ya.ki.i.mo.hi.to.tsu.ku.da.sa.i.
焼き芋一つください。
呀．克伊．伊．某．喝伊．偷．豬．枯．答．沙．伊． |

| 請給我五百公克的糖炒栗子。 | a.ma.gu.ri.go.hya.ku.gu.ra.mu.ku.da.sa.i.
甘栗500グラムください。
阿．媽．估．里．勾．喝呀．枯．估．拉．母．枯．答．沙．伊． |

早中晚共 CHECK 三次　　Check ❶◯　Check ❷◯ 　Check ❸◯　您就是旅日達人！

勉強を楽しむ
Have a nice trip!
旅に行こう！

可以坐這裡嗎？

ko.ko.ni.su.wa.tte.mo.i.i.de.su.ka.
☐ ここに座ってもいいですか。
寇.寇.尼.酥.哇.ヘ貼.某.伊.～.爹.酥.卡.

給我魚丸。

tsu.mi.re.o.ku.da.sa.i.
☐ つみれをください。
豬.咪.累.歐.枯.答.沙.伊.

我要結帳。

o.ka.n.jo.o.o.o.ne.ga.i.shi.ma.su.
☐ お勘定をお願いします。
歐.卡.恩.久.～.歐.歐.內.嘎.伊.西.媽.酥.

多謝款待。

go.chi.so.o.sa.ma.de.shi.ta.
☐ ごちそうさまでした。
勾.七.搜.～.沙.媽.爹.西.它.

我們各別算。

be.tsu.be.tsu.de.o.ne.ga.i.shi.ma.su.
☐ 別々でお願いします。
貝.豬.貝.豬.爹.歐.內.嘎.伊.西.媽.酥.

你錢算錯了。

ke.e.sa.n.ga.ma.chi.ga.tte.i.ma.su.

☑ 計算が間違っています。

克耶.～.沙.恩.嘎.媽.七.嘎.へ貼.伊.媽.酥.

可以刷卡嗎？

ku.re.ji.tto.ka.a.do.wa.tsu.ka.e.ma.su.ka.

☑ クレジットカードは使えますか。

枯.累.基.へ偷.卡.～.都.哇.豬.卡.耶.媽.酥.卡.

要在哪裡簽名呢？

do.ko.ni.sa.i.no.su.re.ba.i.i.de.su.ka.

☑ どこにサインをすればいいですか。

都.寇.尼.沙.伊.恩.歐.酥.累.拔.伊.～.爹.酥.卡.

請給我收據。

ryo.o.shu.u.sho.o.ku.da.sa.i.

☑ 領収書をください。

溜.～.西烏.～.休.～.枯.答.沙.伊.

日語會話

5 ・ 購物時使用的日語 ・ Track 36

8

這要多少錢？	ko.re.wa.i.ku.ra.de.su.ka. ☐ **これはいくらですか。**  寇.累.哇.伊.枯.拉.爹.酥.卡.

給我看那個。	a.re.o.mi.se.te.ku.da.sa.i. ☐ **あれを見せてください。** 阿.累.歐.咪.誰.貼.枯.答.沙.伊.

我只是看看而已。	ta.da.mi.te.i.ru.da.ke.de.su. ☐ **ただ見ているだけです。** 它.答.咪.貼.伊.魯.答.<u>克耶</u>.爹.酥.

我不買。	ke.kko.o.de.su. ☐ **結構です。** <u>克耶</u>.〜寇.〜.爹.酥.

不好意思（用於呼喚店員時）。	su.mi.ma.se.n. ☐ **すみません。** 酥.咪.媽.誰.恩.

早中晚共 CHECK 三次 Check ❶○ Check ❷○ Check ❸○ 您就是旅日達人！

哪種特產賣得
最好？

ni.n.ki.no.o.mi.ya.ge.wa.na.n.de.su.ka.

☐ 人気のおみやげは何ですか。

尼.恩.克伊.諾.歐.咪.呀.給.哇.那.恩.爹.酥.卡.

我要買送朋友
的特產，什麼
比較好呢？

to.mo.da.chi.e.no.o.mi.ya.ge.ni.wa.na.ni.ga.i.i.de.sho.o.ka.

☐ 友達へのおみやげには何がいいでしょうか。

偷.某.答.七.耶.諾.歐.咪.呀.給.尼.哇.那.尼.嘎.伊.～.爹.休.～.卡.

我在找跟這個
一樣的東西。

ko.re.to.o.na.ji.mo.no.o.sa.ga.shi.te.i.ru.no.de.su.ga.

☐ これと同じものを探しているのですが。

寇.累.偷.歐.那.基.某.諾.歐.沙.嘎.西.貼.伊.魯.諾.爹.酥.嘎.

可以試穿嗎？

shi.cha.ku.shi.te.mo.i.i.de.su.ka.

☐ 試着してもいいですか。

西.洽.枯.西.貼.某.伊.～.爹.酥.卡.

有大一點的
嗎？

mo.o.su.ko.shi.o.o.ki.i.no.wa.a.ri.ma.su.ka.

☐ もう少し大きいのはありますか。

某.～.酥.寇.西.歐.～.克伊.伊.諾.哇.阿.里.媽.酥.卡.

早中晚共 CHECK 三次　Check ❶○　Check ❷○　Check ❸○　您就是旅日達人！

8

這要怎麼用呢？

ko.re.wa.do.o.tsu.ka.u.n.de.su.ka.

☑ **これはどう使うんですか。**

寇.累.哇.都.～.豬.卡.烏.恩.爹.酥.卡.

我想試穿。

shi.cha.ku.shi.ta.i.de.su.

☑ **試着したいです。**

西.洽.枯.西.它.伊.爹.酥.

我可以試戴這個（飾品）嗎？

ko.re.tsu.ke.te.mi.te.mo.i.i.de.su.ka.

☑ **これ、つけてみてもいいですか。**

寇.累.豬.克耶.貼.咪.貼.某.伊.～.爹.酥.卡.

可以改短一點嗎？

ta.ke.wa.tsu.me.ra.re.ma.su.ka.

☑ **丈は詰められますか。**

它.克耶.哇.豬.妹.拉.累.媽.酥.卡.

幫我量一下尺寸。

wa.ta.shi.no.sa.i.zu.o.ha.ka.tte.ku.da.sa.i.

☑ **私のサイズを測ってください。**

哇.它.西.諾.沙.伊.茲.歐.哈.卡.ヘ貼.枯.答.沙.伊.

面白い日本語　Have a nice trip!

有小一點的嗎？

mo.o.su.ko.shi.chi.i.sa.i.no.wa.a.ri.ma.su.ka.

□ もう少し小さいのはありますか。

某.～.酥.寇.西.七.～.沙.伊.諾.哇.阿.里.媽.酥.卡.

再給我看一下大一號的。

hi.to.tsu.o.o.ki.i.sa.i.zu.o.mi.se.te.ku.da.sa.i.

□ 一つ大きいサイズを見せてください。

<u>喝伊</u>.偷.豬.歐.～.<u>克伊</u>.～.沙.伊.茲.歐.咪.誰.貼.枯.答.沙.伊.

哪個賣得最好？

u.re.su.ji.wa.do.re.de.su.ka.

□ 売れ筋はどれですか。

烏.累.酥.基.哇.都.累.爹.酥.卡.

我在找這種產品。

ko.no.sho.o.hi.n.o.sa.ga.shi.te.i.ru.no.de.su.ga.

□ この商品を探しているのですが。

寇.諾.休.～.<u>喝伊</u>.恩.歐.沙.嘎.西.貼.伊.魯.諾.爹.酥.嘎.

我想買化妝水。

ke.sho.o.su.i.o.ka.i.ta.i.no.de.su.ga.

□ 化粧水を買いたいのですが。

<u>克耶</u>.休.～.酥.伊.歐.卡.伊.它.伊.諾.爹.酥.嘎.

8

BB 霜在哪裡？	bi.i.bi.i.ku.ri.i.mu.wa.do.ko.de.su.ka. ☐ BB クリームはどこですか。 逼．～．逼．～．枯．里．～．母．哇．都．寇．爹．酥．卡．
我很煩惱肌膚暗沈。	ku.su.mi.ni.na.ya.n.de.i.ma.su. ☐ くすみに悩んでいます。 枯．酥．咪．尼．那．呀．恩．爹．伊．媽．酥．
有青春痘專用的嗎？	ni.ki.bi.se.n.yo.o.wa.a.ri.ma.su.ka. ☐ ニキビ専用はありますか。 尼．克伊．逼．誰．恩．悠．～．哇．阿．里．媽．酥．卡．
哪一種產品適合呢？	do.n.na.se.e.hi.n.ga.a.u.de.sho.o.ka. ☐ どんな製品が合うでしょうか。 都．恩．那．誰．～．喝伊．恩．嘎．阿．烏．爹．休．～．卡．
有什麼效果呢？	do.n.na.ko.o.ka.ga.a.ri.ma.su.ka. ☐ どんな効果がありますか。 都．恩．那．寇．～．卡．嘎．阿．里．媽．酥．卡．

早中晩共 CHECK 三次　Check ❶○　Check ❷○　Check ❸○　您就是旅日達人！

面白い日本語　Have a nice trip!

可以試用化妝品嗎？	ke.sho.o.hi.n.o.ta.me.shi.te.mi.te.mo.i.i.de.su.ka. 化粧品を試してみてもいいですか。 克耶.休.～.喝伊.恩.歐.它.妹.西.貼.咪.貼.某.伊.～.爹.酥.卡.
我要五條口紅。	ku.chi.be.ni.go.ho.n.ku.da.sa.i. 口紅5本ください。 枯.七.貝.尼.勾.后.恩.枯.答.沙.伊.
請告訴我使用順序。	tsu.ka.u.ju.n.ba.n.o.o.shi.e.te.ku.da.sa.i. 使う順番を教えてください。 豬.卡.烏.啾.恩.拔.恩.歐.歐.西.耶.貼.枯.答.沙.伊.
有試用品嗎？	te.su.ta.a.wa.a.ri.ma.su.ka. テスターはありますか。 貼.酥.它.～.哇.阿.里.媽.酥.卡.
尺寸合嗎？	sa.i.zu.wa.a.i.ma.su.ka. サイズは合いますか。 沙.伊.茲.哇.阿.伊.媽.酥.卡.

早中晚共 CHECK 三次　Check ❶○　Check ❷○　Check ❸○　您就是旅日達人！

Have a nice trip! 旅に行こう！

8

剛剛好。	pi.tta.ri.de.su. ☐ **ぴったりです。** 披.へ它.里.爹.酥.

這太小了一點。	ko.re.wa.cho.tto.chi.i.sa.i.de.su.ne. ☐ **これはちょっと小_{ちい}さいですね。** 寇.累.哇.秋.へ偷.七.～.沙.伊.爹.酥.內.

再給我看一下小一點的尺寸。	mo.o.su.ko.shi.chi.i.sa.i.sa.i.zu.o.mi.se.te.ku.da.sa.i. ☐ **もう少_{すこ}し小_{ちい}さいサイズを見_みせてください。** 某.～.酥.寇.西.七.～.沙.伊.沙.伊.茲.歐.咪.誰.貼.枯.答.沙.伊.

這個尺寸有沒有白色的？	ko.no.sa.i.zu.de.shi.ro.wa.na.i.de.su.ka. ☐ **このサイズで白_{しろ}はないですか。** 寇.諾.沙.伊.茲.爹.西.攙.哇.那.伊.爹.酥.卡.

可以走一下嗎？	cho.tto.a.ru.i.te.mi.te.mo.i.i.de.su.ka. ☐ **ちょっと歩_{ある}いてみてもいいですか。** 秋.へ偷.阿.魯.伊.貼.咪.貼.某.伊.～.爹.酥.卡.

早中晚共 CHECK 三次 Check ❶○ Check ❷○ Check ❸○ 您就是旅日達人！

183

可以給我看鑽戒嗎？	da.i.ya.no.yu.bi.wa.o.mi.se.te.i.ta.da.ke.ma.su.ka.
	☐ ダイヤの指輪を見せていただけますか。
	答.伊.呀.諾.尤.逼.哇.歐.咪.誰.貼.伊.它.答.克耶.媽.酥.卡.

這是 18K 金的嗎？	ko.re.wa.ju.u.ha.chi.ki.n.de.su.ka.
	☐ これは 18 金ですか。
	寇.累.哇.啾.～.哈.七.克伊.恩.爹.酥.卡.

這是幾克拉？	ko.re.wa.na.n.ka.ra.tto.de.su.ka.
	☐ これは何カラットですか。
	寇.累.哇.那.恩.卡.拉.ㄟ偷.爹.酥.卡.

這是真的還是假的？	ko.re.wa.ho.n.mo.no.de.su.ka.mo.zo.o.de.su.ka.
	☐ これは本物ですか、模造ですか。
	寇.累.哇.后.恩.某.諾.爹.酥.卡.某.宙.～.爹.酥.卡.

這好像是假的。	ko.re.wa.mo.zo.o.mi.ta.i.de.su.ne.
	☐ これは模造みたいですね。
	寇.累.哇.某.宙.～.咪.它.伊.爹.酥.內.

早中晚共 CHECK 三次　Check **❶**○　Check **❷**○　Check **❸**○　您就是旅日達人！

8

有小一號的嗎？	wa.n.sa.i.zu.chi.i.sa.i.no.wa.a.ri.ma.se.n.ka. ☑ **ワンサイズ小さいのはありませんか。** 哇.恩.沙.伊.茲.七.～.沙.伊.諾.哇.阿.里.媽.誰.恩.卡.
服務台在哪裡？	sa.a.bi.su.ka.u.n.ta.a.wa.do.ko.ni.a.ri.ma.su.ka. ☑ **サービスカウンターはどこにありますか。** 沙.～.逼.酥.卡.烏.恩.它.～.哇.都.寇.尼.阿.里.媽.酥.卡.
這是什麼醃漬食品呢？	ko.re.wa.na.n.no.tsu.ke.mo.no.de.su.ka. ☑ **これは何の漬物ですか。** 寇.累.哇.那.恩.諾.豬.克耶.某.諾.爹.酥.卡.
有醃蘿蔔嗎？	ta.ku.a.n.wa.a.ri.ma.su.ka. ☑ **たくあんはありますか。** 它.枯.阿.恩.哇.阿.里.媽.酥.卡.
可以試吃嗎？	shi.sho.ku.shi.te.mo.i.i.de.su.ka. ☑ **試食してもいいですか。** 西.休.枯.西.貼.某.伊.～.爹.酥.卡.

一百公克多少錢？

hya.ku.gu.ra.mu.i.ku.ra.de.su.ka.

☑ **100 グラムいくらですか。**
<small>ひゃく</small>

喝呀 . 枯 . 估 . 拉 . 母 . 伊 . 枯 . 拉 . 爹 . 酥 . 卡 .

這醃漬食品一包多少錢？

ko.no.tsu.ke.mo.no.hi.to.pa.kku.i.ku.ra.de.su.ka.

☑ **この漬物一パックいくらですか。**
<small>つけものひと</small>

寇 . 諾 . 豬 . 克耶 . 某 . 諾 . 喝伊 . 偷 . 趴 . ㄟ枯 . 伊 . 枯 . 拉 . 爹 . 酥 . 卡 .

給我○○五百公克。

○○.o.go.hya.ku.gu.ra.mu.ku.da.sa.i.

☑ **○○を 500 グラムください。**
<small>ごひゃく</small>

○○ . 歐 . 勾 . 喝呀 . 枯 . 估 . 拉 . 母 . 枯 . 答 . 沙 . 伊 .

能保鮮幾天？

do.re.ku.ra.i.hi.mo.chi.shi.ma.su.ka.

☑ **どれくらい日持ちしますか。**
<small>ひ も</small>

都 . 累 . 枯 . 拉 . 伊 . 喝伊 . 某 . 七 . 西 . 媽 . 酥 . 卡 .

給我袋子。

fu.ku.ro.ku.da.sa.i.

☑ **袋ください。**
<small>ふくろ</small>

夫 . 枯 . 撐 . 枯 . 答 . 沙 . 伊 .

早中晚共 CHECK 三次　Check ❶○　Check ❷○　Check ❸○　您就是旅日達人！

全部多少錢呢？	ze.n.bu.de.i.ku.ra.de.su.ka. **全部でいくらですか。** <ruby>全部<rt>ぜんぶ</rt></ruby> 瑞賊.恩.布.爹.伊.枯.拉.爹.酥.卡.
付現可以打幾折？	ge.n.ki.n.na.ra.na.n.wa.ri.bi.ki.ni.na.ri.ma.su.ka. **現金なら何割引になりますか。** <ruby>現金<rt>げんきん</rt></ruby> <ruby>何割引<rt>なんわりびき</rt></ruby> 給.恩.克伊.恩.那.拉.那.恩.哇.里.逼.克伊.尼.那.里.媽.酥.卡.
打八折。	ni.wa.ri.bi.ki.ni.na.ri.ma.su. **2割引になります。** <ruby>割引<rt>にわりびき</rt></ruby> 尼.哇.里.逼.克伊.尼.那.里.媽.酥.
有樣品嗎？	sa.n.pu.ru.a.ri.ma.su.ka. **サンプルありますか。** 沙.恩.撲.魯.阿.里.媽.酥.卡.
我買這個。	ko.re.ni.shi.ma.su. **これにします。** 寇.累.尼.西.媽.酥.

早中晩共 CHECK 三次　Check ❶○　Check ❷○　Check ❸○　您就是旅日達人！

給我這兩個，
那一個。

ko.re.fu.ta.tsu.to.a.re.hi.to.tsu.ku.da.sa.i.

☐ これ二つと、あれ一つください。

寇．累．夫．它．豬．偷．阿．累．喝伊．偷．豬．枯．答．沙．伊．

麻煩算帳。

o.ka.i.ke.e.o.o.ne.ga.i.shi.ma.su.

☐ お会計をお願いします。

歐．卡．伊．克耶．～．歐．歐．內．嘎．伊．西．媽．酥．

32,600 日圓。

sa.n.ma.n.ni.se.n.ro.ppya.ku.e.n.de.su.

☐ 3 2,600 円です。

沙．恩．媽．恩．尼．誰．恩．攏．～披呀．枯．耶．恩．爹．酥．

收您四萬日
圓。

yo.n.ma.n.e.n.o.a.zu.ka.ri.shi.ma.su.

☐ 4万円お預かりします。

悠．恩．媽．恩．耶．恩．歐．阿．茲．卡．里．西．媽．酥．

找您 7,400 日
圓。

na.na.se.n.yo.n.hya.ku.e.n.no.o.tsu.ri.de.su.

☐ 7,400 円のお釣りです。

那．那．誰．恩．悠．恩．喝呀．枯．耶．恩．諾．歐．豬．里．爹．酥．

早中晚共 CHECK 三次　Check ❶○　Check ❷○　Check ❸○　您就是旅日達人！

❽

您付現還是刷卡？

o.shi.ha.ra.i.wa.ge.n.ki.n.de.su.ka.ka.a.do.de.su.ka.

□ **お支払いは現金ですか、カードですか。**

歐.西.哈.拉.伊.哇.給.恩.<u>克伊</u>.恩.爹.酥.卡.卡.～.都.爹.酥.卡.

我付現。

ge.n.ki.n.de.su.

□ **現金です。**

給.恩.<u>克伊</u>.恩.爹.酥.

可以刷卡嗎？

ka.a.do.ba.ra.i.wa.de.ki.ma.su.ka.

□ **カード払いはできますか。**

卡.～.都.拔.拉.伊.哇.爹.<u>克伊</u>.媽.酥.卡.

不，不能刷卡。

i.i.e.ka.a.do.wa.o.tsu.ka.i.ni.na.re.ma.se.n.

□ **いいえ、カードはお使いになれません。**

伊.～.耶.卡.～.都.哇.歐.豬.卡.伊.尼.那.累.媽.誰.恩.

可以使用優待券嗎？

ku.u.po.n.wa.tsu.ka.e.ma.su.ka.

□ **クーポンは使えますか。**

枯.～.剖.恩.哇.豬.卡.耶.媽.酥.卡.

早中晚共 CHECK 三次 Check ❶○ Check ❷○ Check ❸○ 您就是旅日達人！

面白い日本語　Have a nice trip!

請這裡簽名。	ko.ko.ni.sa.i.n.o.o.ne.ga.i.shi.ma.su. ☑ ここにサインをお願いします。 寇.寇.尼.沙.伊.恩.歐.歐.內.嘎.伊.西.媽.酥.
金額不對。	ki.n.ga.ku.ga.a.tte.i.ma.se.n. ☑ 金額が合っていません。 克伊.恩.嘎.枯.嘎.阿.へ貼.伊.媽.誰.恩.
給我收據。	re.shi.i.to.o.ku.da.sa.i. ☑ レシートをください。 累.西.～.偷.歐.枯.答.沙.伊.
可以幫我包成送禮的嗎？	pu.re.ze.n.to.yo.o.ni.ho.o.so.o.shi.te.i.ta.da.ke.ma.su.ka. ☑ プレゼント用に包装していただけますか。 撲.累.瑞賊.恩.偷.悠.～.尼.后.～.搜.～.西.貼.伊.它.答.克耶.媽.酥.卡.
送禮用的嗎？	pu.re.ze.n.to.yo.o.de.su.ka. ☑ プレゼント用ですか。 撲.累.瑞賊.恩.偷.悠.～.爹.酥.卡.

早中晚共 CHECK 三次　Check ❶○　Check ❷○　Check ❸○　您就是旅日達人！

| 不，自己要用的。 | i.i.e.ji.ta.ku.yo.o.de.su.
□ **いいえ、自宅用です。**
伊.～.耶.基.它.枯.悠.～.爹.酥. |

| 是的，送禮用的。 | ha.i.pu.re.ze.n.to.yo.o.de.su.
□ **はい、プレゼント用です。**
哈.伊.撲.累.瑞賊.恩.偷.悠.～.爹.酥. |

| 幫我個別包裝。 | be.tsu.be.tsu.no.fu.ku.ro.ni.i.re.te.ku.da.sa.i.
□ **別々の袋に入れてください。**
貝.豬.貝.豬.諾.夫.枯.摟.尼.伊.累.貼.枯.答.沙.伊. |

| 幫我放在一個大袋子裡。 | o.o.ki.na.fu.ku.ro.ni.ma.to.me.te.ku.da.sa.i.
□ **大きな袋にまとめてください。**
歐.～.克伊.那.夫.枯.摟.尼.媽.偷.妹.貼.枯.答.沙.伊. |

| 請幫我放在袋子裡。 | fu.ku.ro.ni.i.re.te.ku.da.sa.i.
□ **袋に入れてください。**
夫.枯.摟.尼.伊.累.貼.枯.答.沙.伊. |

請再給我多一點袋子（分裝伴手禮用）。	ko.wa.ke.bu.ku.ro.o.mo.tto.ku.da.sa.i. **小分け袋をもっとください。** 寇.哇.克耶.布.枯.摟.歐.某.ヘ偷.枯.答.沙.伊.
請幫我寄送到飯店。	ko.re.ho.te.ru.ma.de.ha.i.ta.tsu.shi.te.ku.da.sa.i. **これ、ホテルまで配達してください。** 寇.累.后.貼.魯.媽.爹.哈.伊.它.豬.西.貼.枯.答.沙.伊.
這可以幫我寄到台灣嗎？	ko.re.ta.i.wa.n.ma.de.o.ku.tte.i.ta.da.ke.ma.su.ka. **これ、台湾まで送っていただけますか。** 寇.累.它.伊.哇.恩.媽.爹.歐.枯.ヘ貼.伊.它.答.克耶.媽.酥.卡.
運費要多少？	u.n.so.o.ryo.o.wa.i.ku.ra.de.su.ka. **運送料はいくらですか。** 烏.恩.搜.～.溜.～.哇.伊.枯.拉.爹.酥.卡.
要花幾天？	na.n.ni.chi.ku.ra.i.ka.ka.ri.ma.su.ka. **何日くらいかかりますか。** 那.恩.尼.七.枯.拉.伊.卡.卡.里.媽.酥.卡.

勉強を楽しむ。　Have a nice trip!　旅に行こう！

日語會話

6・觀光時使用的日語・ Track **37**

給我觀光指南冊子。

ka.n.ko.o.pa.n.fu.re.tto.o.ku.da.sa.i.

観光パンフレットをください。
かんこう

卡.恩.寇.～.趴.恩.夫.累.ㄟ偷.歐.枯.答.沙.伊.

有中文版的觀光指南冊子嗎？

chu.u.go.ku.go.no.pa.n.fu.re.tto.wa.a.ri.ma.su.ka.

中国語のパンフレットはありますか。
ちゅうごくご

七烏.～.勾.枯.勾.諾.趴.恩.夫.累.ㄟ偷.哇.阿.里.媽.酥.卡.

我想要報名觀光團。

tsu.a.a.ni.mo.o.shi.ko.mi.ta.i.no.de.su.ga.

ツアーに申し込みたいのですが。
もう　こ

豬.阿.～.尼.某.～.西.寇.咪.它.伊.諾.爹.酥.嘎.

請告訴我值得看的地方。

mi.do.ko.ro.o.o.shi.e.te.ku.da.sa.i.

見どころを教えてください。
み　　　　おし

咪.都.寇.擻.歐.歐.西.耶.貼.枯.答.沙.伊.

哪裡好玩呢？

do.ko.ga.o.mo.shi.ro.i.de.su.ka.

どこがおもしろいですか。

都.寇.嘎.歐.某.西.擻.伊.爹.酥.卡.

早中晚共 CHECK 三次　Check ❶○　Check ❷○　Check ❸○　您就是旅日達人！

193

請告訴我最有名的地方。

i.chi.ba.n.yu.u.me.e.na.to.ko.ro.o.o.shi.e.te.ku.da.sa.i.

□ **一番有名なところを教えてください。**

伊.七.拔.恩.尤.～.妹.～.那.偷.寇.攄.歐.歐.西.耶.貼.枯.答.沙.伊.

我聽說有慶典。

o.ma.tsu.ri.ga.a.ru.to.ki.ki.ma.shi.ta.ga.

□ **お祭りがあると聞きましたが。**

歐.媽.豬.里.嘎.阿.魯.偷.克伊.克伊.媽.西.它.嘎.

我想遊覽古蹟。

shi.se.ki.o.ke.n.bu.tsu.shi.ta.i.de.su.

□ **史跡を見物したいです。**

西.誰.克伊.歐.克耶.恩.布.豬.西.它.伊.爹.酥.

我在找桑拿。

sa.u.na.o.sa.ga.shi.te.i.ru.no.de.su.ga.

□ **サウナを探しているのですが。**

沙.烏.那.歐.沙.嘎.西.貼.伊.魯.諾.爹.酥.嘎.

請告訴我哪裡有當地的料理餐廳。

kyo.o.do.ryo.o.ri.no.re.su.to.ra.n.o.o.shi.e.te.ku.da.sa.i.

□ **郷土料理のレストランを教えてください。**

卡悠.～.都.溜.～.里.諾.累.酥.偷.拉.恩.歐.歐.西.耶.貼.枯.答.沙.伊.

早中晚共 CHECK 三次 Check ❶○ Check ❷○ Check ❸○ 您就是旅日達人！

8

費用要多少？	ryo.o.ki.n.wa.i.ku.ra.de.su.ka. ☐ **料金はいくらですか。** <ruby>料金<rt>りょうきん</rt></ruby> 溜.～.克伊.恩.哇.伊.枯.拉.爹.酥.卡.
麻煩大人兩個。	o.to.na.fu.ta.ri.o.ne.ga.i.shi.ma.su. ☐ **大人二人お願いします。** <ruby>大人<rt>おとな</rt></ruby><ruby>二人<rt>ふたり</rt></ruby><ruby>願<rt>ねが</rt></ruby> 歐.偷.那.夫.它.里.歐.內.嘎.伊.西.媽.酥.
有什麼樣的觀光行程呢？	do.n.na.tsu.a.a.ga.a.ri.ma.su.ka. ☐ **どんなツアーがありますか。** 都.恩.那.豬.阿.～.嘎.阿.里.媽.酥.卡.
觀光費用有含午餐嗎？	o.hi.ru.wa.ka.n.ko.o.ryo.o.ki.n.ni.fu.ku.ma.re.te.i.ma.su.ka. ☐ **お昼は、観光料金に含まれていますか。** <ruby>昼<rt>ひる</rt></ruby><ruby>観光料金<rt>かんこうりょうきん</rt></ruby><ruby>含<rt>ふく</rt></ruby> 歐.喝伊.魯.哇.卡.恩.寇.～.溜.～.克伊.恩.尼.夫.枯.媽.累.貼.伊.媽.酥.卡.
巴士可以到嗎？	ba.su.de.i.ke.ma.su.ka. ☐ **バスで行けますか。** <ruby>行<rt>い</rt></ruby> 拔.酥.爹.伊.克耶.媽.酥.卡.

早中晚共 CHECK 三次　Check ❶○　Check ❷○　Check ❸○　您就是旅日達人！

観光行程有含
民俗博物館
嗎？

tsu.a.a.ko.o.su.ni.mi.n.zo.ku.ha.ku.bu.tsu.ka.n.wa.fu.ku.ma.re.ma.su.ka.

□ ツアーコースに民俗博物館は含まれますか。

豬.阿.～.寇.～.酥.尼.咪.恩.宙.枯.哈.枯.布.豬.卡.恩.哇.夫.枯.媽.累.媽.酥.卡.

有含餐點嗎？

sho.ku.ji.wa.fu.ku.ma.re.ma.su.ka.

□ 食事は含まれますか。

休.枯.基.哇.夫.枯.媽.累.媽.酥.卡.

幾點出發？

shu.ppa.tsu.wa.na.n.ji.de.su.ka.

□ 出発は何時ですか。

西烏.へ趴.豬.哇.那.恩.基.爹.酥.卡.

有多少自由行
動時間？

ji.yu.u.ji.ka.n.wa.do.re.ku.ra.i.a.ri.ma.su.ka.

□ 自由時間はどれくらいありますか。

基.尤.～.基.卡.恩.哇.都.累.枯.拉.伊.阿.里.媽.酥.卡.

幾點回來？

na.n.ji.ni.mo.do.ri.ma.su.ka.

□ 何時に戻りますか。

那.恩.基.尼.某.都.里.媽.酥.卡.

早中晚共 CHECK 三次　　Check ❶○　Check ❷○　Check ❸○　您就是旅日達人！

8

我想請導遊。

ga.i.do.o.o.ne.ga.i.shi.ta.i.no.de.su.ga.

☐ ガイドをお願いしたいのですが。

嘎.伊.都.歐.歐.內.嘎.伊.西.它.伊.諾.爹.酥.嘎.

那個服裝是新娘的日本傳統結婚禮服。

a.no.fu.ku.wa.u.chi.ka.ke.de.su.

☐ あの服は打掛けです。

阿.諾.夫.枯.哇.烏.七.卡.克耶.爹.酥.

我也很想穿穿看。

wa.ta.shi.mo.ki.te.mi.ta.i.de.su.

☐ 私も着てみたいです。

哇.它.西.某.克伊.貼.咪.它.伊.爹.酥.

這裡可以拍照嗎？

ko.ko.wa.sha.shi.n.o.to.tte.mo.i.i.de.su.ka.

☐ ここは写真を撮ってもいいですか。

寇.寇.哇.蝦.西.恩.歐.偷.へ貼.某.伊.～.爹.酥.卡.

可否請您幫我拍照？

sha.shi.n.o.to.tte.i.ta.da.ke.ma.su.ka.

☐ 写真を撮っていただけますか。

蝦.西.恩.歐.偷.へ貼.伊.它.答.克耶.媽.酥.卡.

早中晚共 CHECK 三次　Check ❶◯　Check ❷◯　Check ❸◯　您就是旅日達人！

| 我們一起拍照吧。 | i.ssho.ni.to.ri.ma.sho.o.
いっしょ　　と
☑ **一緒に撮りましょう。**
伊 . ㄟ休 . 尼 . 偷 . 里 . 媽 . 休 . ～ . |

| 按這裡就可以了。 | ko.ko.o.o.su.da.ke.de.su.
　　　　　お
☑ **ここを押すだけです。**
寇 . 寇 . 歐 . 歐 . 酥 . 答 . 克耶 . 爹 . 酥 . |

| 麻煩再拍一張。 | mo.o.i.chi.ma.i.o.ne.ga.i.shi.ma.su.
　　いちまい　　ねが
☑ **もう１枚お願いします。**
某 . 歐 . 伊 . 七 . 媽 . 伊 . 歐 . 內 . 嘎 . 伊 . 西 . 媽 . 酥 . |

| 嗨！起士！ | ha.i.chi.i.zu.
☑ **ハイ、チーズ。**
哈 . 伊 . 七 . ～ . 茲 . |

| 請不要動喔！ | u.go.ka.na.i.de.ku.da.sa.i.
うご
☑ **動かないでください。**
烏 . 勾 . 卡 . 那 . 伊 . 爹 . 枯 . 答 . 沙 . 伊 . |

我想去美術館。

bi.ju.tsu.ka.n.ni.i.ki.ta.i.de.su.
美術館に行きたいです。
逼．啾．豬．卡．恩．尼．～．克伊．它．伊．爹．酥．

入場費要多少錢？

nyu.u.jo.o.ryo.o.wa.i.ku.ra.de.su.ka.
入場料はいくらですか。
牛．～．久．～．溜．～．哇．伊．枯．拉．爹．酥．卡．

請給我這個宣傳冊子。

ko.no.pa.n.fu.re.tto.o.ku.da.sa.i.
このパンフレットをください。
寇．諾．趴．恩．夫．累．～偷．歐．枯．答．沙．伊．

幾點開放呢？

na.n.ji.ni.ka.i.ka.n.shi.ma.su.ka.
何時に開館しますか。
那．恩．基．尼．卡．伊．卡．恩．西．媽．酥．卡．

開放到幾點呢？

na.n.ji.ma.de.a.i.te.i.ma.su.ka.
何時まで開いていますか。
那．恩．基．媽．爹．阿．伊．貼．伊．媽．酥．卡．

幾點關門？	na.n.ji.ni.he.e.ka.n.de.su.ka. **何時に閉館ですか。** 那.恩.基.尼.黑.～.卡.恩.爹.酥.卡.

可以摸一下嗎？	sa.wa.tte.mo.i.i.de.su.ka. **触ってもいいですか。** 沙.哇.ㄟ貼.某.伊.～.爹.酥.卡.

有特別展嗎？	to.ku.be.tsu.te.n.wa.a.ri.ma.su.ka. **特別展はありますか。** 偷.枯.貝.豬.貼.恩.哇.阿.里.媽.酥.卡.

館內有導遊嗎？	ka.n.na.i.ga.i.do.wa.i.ma.su.ka. **館内ガイドはいますか。** 卡.恩.那.伊.嘎.伊.都.哇.伊.媽.酥.卡.

紀念品店在哪裡呢？	ba.i.te.n.wa.do.ko.de.su.ka. **売店はどこですか。** 拔.伊.貼.恩.哇.都.寇.爹.酥.卡.

早中晚共 CHECK 三次 Check ❶○ Check ❷○ Check ❸○ 您就是旅日達人！

8

請告訴我出口在哪裡呢？	de.gu.chi.wa.do.ko.ka.o.shi.e.te.ku.da.sa.i. ☑ 出口はどこか教えてください。 爹.估.七.哇.都.寇.卡.歐.西.耶.貼.枯.答.沙.伊.
門票在哪裡買呢？	chi.ke.tto.wa.do.ko.de.ka.u.n.de.su.ka. ☑ チケットはどこで買うんですか。 七.克耶.へ偷.哇.都.寇.爹.卡.烏.恩.爹.酥.卡.
上演到什麼時候？	i.tsu.ma.de.jo.o.e.n.shi.te.i.ma.su.ka. ☑ いつまで上演していますか。 伊.豬.媽.爹.久.～.耶.恩.西.貼.伊.媽.酥.卡.
入場時間是幾點呢？	nyu.u.jo.o.ji.ka.n.wa.na.n.ji.de.su.ka. ☑ 入場時間は何時ですか。 牛.～.久.～.基.卡.恩.哇.那.恩.基.爹.酥.卡.
可以帶食物進去嗎？	ta.be.mo.no.o.mo.chi.ko.n.de.mo.i.i.de.su.ka. ☑ 食べ物を持ち込んでもいいですか。 它.貝.某.諾.歐.某.七.寇.恩.爹.某.伊.～.爹.酥.卡.

早中晚共 CHECK 三次　Check **①**○　Check **②**○　Check **③**○　您就是旅日達人！

面白い日本語 Have a nice trip!

我想看傳統舞蹈。

de.n.to.o.bu.yo.o.ga.mi.ta.i.no.de.su.ga.
伝統舞踊が見たいのですが。

爹.恩.偷.～.布.悠.～.嘎.咪.它.伊.諾.爹.酥.嘎.

給我大人兩張，小孩一張。

o.to.na.ni.ma.i.ko.do.mo.i.chi.ma.i.ku.da.sa.i.
大人2枚、子ども1枚ください。

歐.偷.那.尼.媽.伊.寇.都.某.伊.七.媽.伊.枯.答.沙.伊.

給我G列。

ji.i.re.tsu.ni.shi.te.ku.da.sa.i.
G列にしてください。

基.～.累.豬.尼.西.貼.枯.答.沙.伊.

我要前面中間的位置。

ma.e.no.ho.o.no.chu.u.o.o.de.o.ne.ga.i.shi.ma.su.
前の方の中央でお願いします。

媽.耶.諾.后.～.諾.七烏.～.歐.～.爹.歐.內.嘎.伊.西.媽.酥.

我要前面的座位。

ma.e.(no.se.ki).ga.i.i.de.su.
前（の席）がいいです。

媽.耶.(諾.誰.克伊).嘎.伊.～.爹.酥.

早中晚共 CHECK 三次　　Check ❶○　Check ❷○　Check ❸○　您就是旅日達人！

❽

我要一樓的座位。	i.kka.i.se.ki.ga.i.i.de.su. いっかいせき ☑ **1階席がいいです。** 伊.ヽ卡.伊.誰.<u>克伊</u>.嘎.伊.～.爹.酥.
有當日券嗎？	to.o.ji.tsu.ke.n.wa.a.ri.ma.su.ka. とうじつけん ☑ **当日券はありますか。** 偷.～.基.豬.<u>克耶</u>.恩.哇.阿.里.媽.酥.卡.
賣完了。	u.ri.ki.re.de.su. う き ☑ **売り切れです。** 烏.里.<u>克伊</u>.累.爹.酥.
學生有打折嗎？	ga.ku.se.e.wa.ri.bi.ki.wa.a.ri.ma.su.ka. がくせいわりびき ☑ **学生割引はありますか。** 嘎.枯.誰.～.哇.里.逼.<u>克伊</u>.哇.阿.里.媽.酥.卡.
我的座位在哪裡呢？	wa.ta.shi.no.se.ki.wa.do.ko.de.su.ka. わたし せき ☑ **私の席はどこですか。** 哇.它.西.諾.誰.<u>克伊</u>.哇.都.寇.爹.酥.卡.

早中晚共 CHECK 三次　Check ❶○　Check ❷○　Check ❸○　您就是旅日達人！

休息時間是幾點開始呢？

kyu.u.ke.e.ji.ka.n.wa.na.n.ji.ka.ra.de.su.ka.

☑ **休憩時間は何時からですか。**

卡烏.～.克耶.～.基.卡.恩.哇.那.恩.基.卡.拉.爹.酥.卡.

休息時間有幾分呢？

kyu.u.ke.e.ji.ka.n.wa.na.n.pu.n.a.ri.ma.su.ka.

☑ **休憩時間は何分ありますか。**

卡烏.～.克耶.～.基.卡.恩.哇.那.恩.撲.恩.阿.里.媽.酥.卡.

旅 行 小 記

勉強を楽しむ

Have a nice trip!

旅に行こう！

7・按摩、護膚時使用的日語 · Track 38

8

給我看一下價目表。

ne.da.n.hyo.o.o.mi.se.te.ku.da.sa.i.

□ 値段表を見せてください。

內.答.恩.<u>喝悠</u>.～.歐.咪.誰.貼.枯.答.沙.伊.

麻煩我要做預約的基本護膚。

yo.ya.ku.shi.ta.ki.ho.n.su.ki.n.ke.a.o.o.ne.ga.i.shi.ma.su.

□ 予約した基本スキンケアをお願いします。

悠.呀.枯.西.它.<u>克伊</u>.后.恩.酥.<u>克伊</u>.恩.<u>克耶</u>.阿.歐.歐.內.嘎.伊.西.媽.酥.

我沒有預約，可以嗎？

yo.ya.ku.shi.te.na.i.n.de.su.ga.da.i.jo.o.bu.de.su.ka.

□ 予約してないんですが、大丈夫ですか。

悠.呀.枯.西.貼.那.伊.恩.爹.酥.嘎.答.伊.久.～.布.爹.酥.卡.

要等很久嗎？

ke.kko.o.ma.chi.ma.su.ka.

□ 結構待ちますか。

<u>克耶</u>.ㄟ寇.～.媽.七.媽.酥.卡.

---

30 分鐘的話我等。

sa.n.ju.ppu.n.na.ra.ma.chi.ma.su.

□ 30 分なら待ちます。

沙.恩.啾.ㄟ撲.恩.那.拉.媽.七.媽.酥.

全身按摩要多少錢？	ze.n.shi.n.ma.ssa.a.ji.wa.i.ku.ra.de.su.ka. ☑ **全身マッサージはいくらですか。** 瑞賊.恩.西.恩.媽.ㄟ沙.～.基.哇.伊.枯.拉.爹.酥.卡.

置物櫃在哪裡？	ro.kka.a.wa.do.ko.de.su.ka. ☑ **ロッカーはどこですか。** 摟.ㄟ卡.～.哇.都.寇.爹.酥.卡.

我皮膚比較敏感。	bi.n.ka.n.ha.da.na.n.de.su. ☑ **敏感肌なんです。** 逼.恩.卡.恩.哈.答.那.恩.爹.酥.

好像腫起來了。	ha.re.te.ki.ta.mi.ta.i.de.su. ☑ **腫れてきたみたいです。** 哈.累.貼.克伊.它.咪.它.伊.爹.酥.

紅腫起來了。	a.ka.ku.na.ri.ma.shi.ta. ☑ **赤くなりました。** 阿.卡.枯.那.里.媽.西.它.

早中晚共 CHECK 三次　Check ❶○　Check ❷○　Check ❸○　您就是旅日達人！

皮膚會刺痛。

ha.da.ga.pi.ri.pi.ri.shi.ma.su.
<ruby>肌<rt>はだ</rt></ruby>がぴりぴりします。

哈.答.嘎.披.里.披.里.西.媽.酥.

沒問題。

da.i.jo.o.bu.de.su.
<ruby>大丈夫<rt>だいじょう ぶ</rt></ruby>です。

答.伊.久.～.布.爹.酥.

請躺下來。

yo.ko.ni.na.tte.ku.da.sa.i.
<ruby>横<rt>よこ</rt></ruby>になってください。

悠.寇.尼.那.ㄟ貼.枯.答.沙.伊.

請用趴的。

u.tsu.bu.se.ni.na.tte.ku.da.sa.i.
うつ<ruby>伏<rt>ぶ</rt></ruby>せになってください。

烏.豬.布.誰.尼.那.ㄟ貼.枯.答.沙.伊.

很痛。

i.ta.i.de.su.
<ruby>痛<rt>いた</rt></ruby>いです。

伊.它.伊.爹.酥.

有一點痛。	su.ko.shi.i.ta.i.de.su. ☐ **少し痛いです。** <small>すこ　いた</small> 酥.寇.西.～.它.伊.爹.酥.

請小力一點。	mo.tto.yo.wa.ku.shi.te.ku.da.sa.i. ☐ **もっと弱くしてください。** <small>よわ</small> 某.～.偷.悠.哇.枯.西.貼.枯.答.沙.伊.

很舒服。	ki.mo.chi.i.i.de.su. ☐ **気持ちいいです。** <small>き　も</small> 克伊.某.七.～.伊.爹.酥.

9

基本句型

1 ・ 是＋○○ 。

de.su.

○○＋です。

爹.酥.

🎙 實用例句

我是學生。　　ga.ku.se.e.de.su.

☑ 学生です。

嘎.枯.誰.～.爹.酥.

我姓林。　　　ri.n.de.su.

☑ 林です。

里.恩.爹.酥.

替換單字

陳 chi.n. **陳** 七.恩.	山田 ya.ma.da. **山田** 呀.媽.答.	書 ho.n. **本** 后.恩.	腳踏車 ji.te.n.sha. **自転車** 基.貼.恩.蝦.
美國人 a.me.ri.ka.ji.n. **アメリカ人** 阿.妹.里.卡.基.恩.	日本人 ni.ho.n.ji.n. **日本人** 尼.后.恩.基.恩.	法國人 fu.ra.n.su.ji.n. **フランス人** 夫.拉.恩.酥.基.恩.	德國人 do.i.tsu.ji.n. **ドイツ人** 都.伊.豬.基.恩.

2・○○＋的＋○○

Track 40

no.	de.su.
○○＋の＋○○＋です。	
諾.	爹.酥.

9

實用例句

我的包包。

wa.ta.shi.no.ka.ba.n.de.su.

□ 私のかばんです。
わたし

哇.它.西.諾.卡.拔.恩.爹.酥.

日本車。

ni.ho.n.no.ku.ru.ma.de.su.

□ 日本の車です。
に ほん くるま

尼.后.恩.諾.枯.魯.媽.爹.酥.

替換單字

老師／書 se.n.se.e. / ho.n. 先生／本 せんせい ほん 誰.恩.誰.～.／后.恩.	明天／下午六點 a.shi.ta. / go.go.ro.ku.ji. 明日／午後6時 あした ごごろくじ 阿.西.它.／勾.勾.撈.枯.基.
下星期三／七點 ra.i.shu.u.su.i.yo.o.bi. / shi.chi.ji. 来週水曜日／7時 らいしゅうすいようび しちじ 拉.伊.西烏.～.酥.伊.悠.～.逼.／西.七.基.	義大利／鞋子 i.ta.ri.a. / ku.tsu. イタリア／靴 くつ 伊.它.里.阿.／枯.豬.

3・是＋○○＋嗎？

de.su.ka.
○○＋ですか。
爹.酥.卡.

實用例句

哪一位？

do.na.ta.de.su.ka.
☐ どなたですか。
都.那.它.爹.酥.卡.

是台灣人嗎？

ta.i.wa.n.ji.n.de.su.ka.
☐ 台湾人ですか。
それ _{たいわんじん}
它.伊.哇.恩.基.恩.爹.酥.卡.

替換單字

工作	旅行	一個禮拜	一個月
shi.go.to.	ryo.ko.o.	i.sshu.u.ka.n.	i.kka.ge.tsu.
仕事	旅行	1週間	1か月
西.勾.偷.	溜.寇.～.	伊.ヘ西烏.～.卡.恩.	伊.ヘ卡.給.豬.

一年	英國人	印度人	中國人
i.chi.ne.n.	i.gi.ri.su.ji.n.	in.do.ji.n.	chu.u.go.ku.ji.n.
1年	イギリス人	インド人	中国人
伊.七.內.恩.	伊.哥伊.里.酥.基.恩.	伊.恩.都.基.恩.	七烏.～.勾.枯.基.恩.

早中晚共 CHECK 三次　Check ❶○　Check ❷○　Check ❸○　您就是旅日達人！

4 ● **不是＋○○。** Track **42**

9

de.wa.a.ri.ma.se.n.

○○＋ではありません。

爹.哇.阿.里.媽.誰.恩.

🔊 實用例句

不是義大利人。　　i.ta.ri.a.ji.n.de.wa.a.ri.ma.se.n.

☐ **イタリア人ではありません。**

伊.它.里.阿.基.恩.爹.哇.阿.里.媽.誰.恩.

不是字典。　　ji.sho.de.wa.a.ri.ma.se.n.

☐ **辞書ではありません。**

基.休.爹.哇.阿.里.媽.誰.恩.

替換單字

紅茶 ko.o.cha. **紅茶** 寇.～.洽.	電子字典 de.n.shi.ji.sho. **電子辞書** 爹.恩.西.基.休.	狗 i.nu. **犬** 伊.奴.	山 ya.ma. **山** 呀.媽.
電冰箱 re.e.zo.o.ko. **冷蔵庫** 累.～.宙.～.寇.	電風扇 se.n.pu.u.ki. **扇風機** 誰.恩.撲.～.克伊.	電話 de.n.wa. **電話** 爹.恩.哇.	遙控器 ri.mo.ko.n. **リモコン** 里.某.寇.恩.

早中晚共 CHECK 三次　Check ❶○　Check ❷○　Check ❸○　您就是旅日達人！

213

5・好＋○○＋喔！

Track 43

de.su.ne.

○○＋ですね。

爹.酥.內.

實用例句

好熱喔！
a.tsu.i.de.su.ne.
☐ 暑いですね。
あつ
阿.豬.伊.爹.酥.內.

好甜喔！
a.ma.i.de.su.ne.
☐ 甘いですね。
あま
阿.媽.伊.爹.酥.內.

替換單字

開朗	有朝氣	苦	鹹
a.ka.ru.i.	ge.n.ki.	ni.ga.i.	shi.o.ka.ra.i.
明るい	元気	苦い	塩辛い
あか	げん き	にが	しおから
阿.卡.魯.伊.	給.恩.克伊.	尼.嘎.伊.	西.歐.卡.拉.伊.

酸	新	舊	圓
su.ppa.i.	a.ta.ra.shi.i.	fu.ru.i.	ma.ru.i.
すっぱい	新しい	古い	丸い
	あたら	ふる	まる
酥.ㄟ趴.伊.	阿.它.拉.西.～.	夫.魯.伊.	媽.魯.伊.

早中晚共 CHECK 三次 Check ❶○ Check ❷○ Check ❸○ 您就是旅日達人！

6・請給我＋○○。

○○＋をください。
o.ku.da.sa.i.
歐.枯.答.沙.伊.

 實用例句

請給我牛肉。

bi.i.fu.o.ku.da.sa.i.

☐ ビーフをください。
逼.～.夫.歐.枯.答.沙.伊.

給我這個。

ko.re.o.ku.da.sa.i.

☐ これをください。
寇.累.歐.枯.答.沙.伊.

替換單字

收據	雜誌	毛衣	褲子
re.shi.i.to.	za.sshi.	se.e.ta.a.	zu.bo.n.
レシート	**雑誌**（ざっし）	**セーター**	**ズボン**
累.西.～.偷.	雜.へ西.	誰.～.它.～.	茲.剝.恩.

咖啡	葡萄酒	拉麵	壽司
ko.o.hi.i.	wa.i.n.	ra.a.me.n.	su.shi.
コーヒー	**ワイン**	**ラーメン**	**すし**
寇.～.喝伊.～.	哇.伊.恩.	拉.～.妹.恩.	酥.西.

早中晚共 CHECK 三次 Check ❶○ Check ❷○ Check ❸○ 您就是旅日達人！

215

7・請給我＋○○＋○○

Track 45

o.　　　　　　　ku.da.sa.i.

○○＋を＋○○＋ください。

歐.　　　　　　　枯.答.沙.伊.

實用例句

給我一個披薩。　　　pi.za.o.hi.to.tsu.ku.da.sa.i.

☐ **ピザを一つ<ruby>一<rt>ひと</rt></ruby>つください。**

披.雜.歐.<u>喝伊</u>.偷.豬.枯.答.沙.伊.

給我兩張車票。　　　ki.ppu.o.ni.ma.i.ku.da.sa.i.

☐ **<ruby>切符<rt>きっぷ</rt></ruby>を２<ruby>枚<rt>まい</rt></ruby>ください。**

<u>克伊</u>.ヘ撲.歐.尼.媽.伊.枯.答.沙.伊.

替換單字

白開水／一杯 o.mi.zu. / i.ppa.i. **お<ruby>水<rt>みず</rt></ruby>／１<ruby>杯<rt>いっぱい</rt></ruby>** 歐.咪.茲.／伊.ヘ趴.伊.	筆記本／一本 no.o.to. / i.ssa.tsu. **ノート／１<ruby>冊<rt>いっさつ</rt></ruby>** 諾.～.偷.／伊.ヘ沙.豬.
香菸／一條 ta.ba.ko. / wa.n.ka.a.to.n. **タバコ／ワンカートン** 它.拔.寇.／哇.恩.卡.～.偷.恩.	康乃馨／一朵 ka.a.ne.e.sho.n. / i.chi.ri.n. **カーネーション／１<ruby>輪<rt>いちりん</rt></ruby>** 卡.～.內.～.休.恩.／伊.七.里.恩.

早中晚共 CHECK 三次　　Check ❶○　Check ❷○　Check ❸○　您就是旅日達人！

8・○○＋多少錢？

Track 46

i.ku.ra.de.su.ka.

○○＋いくらですか。

伊.枯.拉.爹.酥.卡.

實用例句

這個多少錢？
ko.re.i.ku.ra.de.su.ka.

☑ **これ、いくらですか。**
寇.累.伊.枯.拉.爹.酥.卡.

大人要多少錢？
o.to.na.i.ku.ra.de.su.ka.

☑ **大人、いくらですか。**
歐.偷.那.伊.枯.拉.爹.酥.卡.

替換單字

領帶 ne.ku.ta.i. ネクタイ 內.枯.它.伊.	絲巾 su.ka.a.fu. スカーフ 酥.卡.～.夫.	雙人房（兩張單人床） tsu.i.n.ru.u.mu. ツインルーム 豬.伊.恩.魯.～.母.
雙人房（雙人床的） da.bu.ru.ru.u.mu. ダブルルーム 答.布.魯.魯.～.母.	單程 ka.ta.mi.chi. 片道 卡.它.咪.七.	來回 o.o.fu.ku. 往復 歐.～.夫.枯.

早中晚共 CHECK 三次　Check ❶○　Check ❷○　Check ❸○　您就是旅日達人！

217

9・有＋○○＋嗎？

Track 47

wa.a.ri.ma.su.ka.

○○＋はありますか。

哇.阿.里.媽.酥.卡.

實用例句

有郵局嗎？

yu.u.bi.n.kyo.ku.wa.a.ri.ma.su.ka.

☐ **<ruby>郵便局<rt>ゆうびんきょく</rt></ruby>はありますか。**

尤.～.逼.恩.卡悠.枯.哇.阿.里.媽.酥.卡.

有書店嗎？

ho.n.ya.wa.a.ri.ma.su.ka.

☐ **<ruby>本屋<rt>ほん や</rt></ruby>はありますか。**

后.恩.呀.哇.阿.里.媽.酥.卡.

替換單字

公車站 ba.su.te.e. **バス<ruby>停<rt>てい</rt></ruby>** 拔.酥.貼.～.	加油站 ga.so.ri.n.su.ta.n.do. **ガソリンスタンド** 嘎.搜.里.恩.酥.它.恩.都.
美術館 bi.ju.tsu.ka.n. **<ruby>美術館<rt>び じゅつかん</rt></ruby>** 逼.啾.豬.卡.恩.	滑雪場 su.ki.i.jo.o. **スキー<ruby>場<rt>じょう</rt></ruby>** 酥.克伊.～.久.～.

早中晚共 CHECK 三次　Check ❶○　Check ❷○　Check ❸○　您就是旅日達人！

勉強を楽しむ　Have a nice trip!　旅に行こう！

1口・〇〇＋在哪裡？

Track **48**

9

wa.do.ko.de.su.ka.

〇〇＋はどこですか。

哇.都.寇.爹.酥.卡.

實用例句

廁所在哪裡？　　　to.i.re.wa.do.ko.de.su.ka.

☐ **トイレはどこですか。**

偷.伊.累.哇.都.寇.爹.酥.卡.

百貨公司在哪裡？　de.pa.a.to.wa.do.ko.de.su.ka.

☐ **デパートはどこですか。**

爹.趴.～.偷.哇.都.寇.爹.酥.卡.

替換單字

市場	名產店	超市	便利超商
i.chi.ba.	mi.ya.ge.mo.no.ya.	su.u.pa.a.	ko.n.bi.ni.
市場	**みやげ物屋**	**スーパー**	**コンビニ**
伊.七.拔.	咪.呀.給.某.諾.呀.	酥.～.趴.～.	寇.恩.逼.尼.

水族館	遊樂園	大眾澡堂	車站
su.i.zo.ku.ka.n.	yu.u.e.n.chi.	se.n.to.o.	e.ki.
水族館	**遊園地**	**銭湯**	**駅**
酥.伊.宙.枯.卡.恩.	尤.～.耶.恩.七.	誰.恩.偷.～.	耶.克伊.

早中晚共 CHECK 三次　Check ❶◯　Check ❷◯　Check ❸◯　您就是旅日達人！

11・麻煩你我要＋○○。

Track 49

○○＋をお願いします。
o.o.ne.ga.i.shi.ma.su.
ねが
歐.歐.內.嘎.伊.西.媽.酥.

實用例句

麻煩幫我保管行李。

□ 荷物をお願いします。
ni.mo.tsu.o.o.ne.ga.i.shi.ma.su.
にもつ　　ねが
尼.某.豬.歐.歐.內.嘎.伊.西.媽.酥.

麻煩結帳。

□ お勘定をお願いします。
o.ka.n.jo.o.o.o.ne.ga.i.shi.ma.su.
かんじょう　　　ねが
歐.卡.恩.久.～.歐.歐.內.嘎.伊.西.媽.酥.

替換單字

住宿退房
che.kku.a.u.to.

チェックアウト
切.ㄟ枯.阿.烏.偷.

預約
yo.ya.ku.

予約
よやく
悠.呀.枯.

手寫收據
ryo.o.shu.u.sho.

領収書
りょうしゅうしょ
溜.～.西烏.～.休.

兌幣
ryo.o.ga.e.

両替
りょうがえ
溜.～.嘎.耶.

12・請給我＋○○＋○○。

Track 50

9

o.ne.ga.i.shi.ma.su.
○○＋○○＋お願いします。

歐.內.嘎.伊.西.媽.酥.

實用例句

請給我一張成人票。

o.to.na.i.chi.ma.i.o.ne.ga.i.shi.ma.su.
☐ 大人１枚お願いします。

歐.偷.那.伊.七.媽.伊.歐.內.嘎.伊.西.媽.酥.

請給我一瓶啤酒。

bi.i.ru.i.ppo.n.o.ne.ga.i.shi.ma.su.
☐ ビール１本お願いします。

逼.～.魯.伊.～剖.恩.歐.內.嘎.伊.西.媽.酥.

替換單字

魚／兩條
sa.ka.na. / ni.hi.ki.
魚／２匹

沙.卡.那.／尼.喝伊.克伊.

襯衫／一件
sha.tsu. / i.chi.ma.i.
シャツ／１枚

蝦.豬.／伊.七.媽.伊.

絲襪／一雙
su.to.kki.n.gu. / i.sso.ku.
ストッキング／一足

酥.偷.～克伊.恩.估.／伊.～搜.枯.

雨傘／一支
ka.sa. / i.ppo.n.
傘／１本

卡.沙.／伊.～剖.恩.

早中晚共 CHECK 三次　　Check ❶○　Check ❷○　Check ❸○　您就是旅日達人！

13・我要＋○○的。

Track 51

no.ga.i.i.de.su.

○○＋のがいいです。

諾.嘎.伊.～.爹.酥.

實用例句

我要大的。　　o.o.ki.i.no.ga.i.i.de.su.

☐ 大きいのがいいです。

歐.～.克伊.～.諾.嘎.伊.～.爹.酥.

我要便宜的。　　ya.su.i.no.ga.i.i.de.su.

☐ 安いのがいいです。

呀.酥.伊.諾.嘎.伊.～.爹.酥.

替換單字

小的 chi.i.sa.i. 小さい 七.～.沙.伊.	藍的 a.o.i. 青い 阿.歐.伊.	白的 shi.ro.i. 白い 西.攄.伊.	黃的 ki.i.ro.i. 黃色い 克伊.～.攄.伊.
冰的 tsu.me.ta.i. 冷たい 豬.妹.它.伊.	耐用的 jo.o.bu.na. 丈夫な 久.～.布.那.	四方形的 shi.ka.ku.i. 四角い 西.卡.枯.伊.	長的 na.ga.i. 長い 那.嘎.伊.

勉強を楽しむ　Have a nice trip!　旅に行こう！

14・可以＋○○＋○○＋嗎？

Track **52**

9

mo.i.i.de.su.ka.

○○＋○○＋もいいですか。

某.伊.～.爹.酥.卡.

實用例句

可以抽煙嗎？

ta.ba.ko.o.su.tte.mo.i.i.de.su.ka.

□ **タバコを吸ってもいいですか。**

它.拔.寇.歐.酥.へ貼.某.伊.～.爹.酥.卡.

可以坐這裡
嗎？

ko.ko.ni.su.wa.tte.mo.i.i.de.su.ka.

□ **ここに座ってもいいですか。**

寇.寇.尼.酥.哇.へ貼.某.伊.～.爹.酥.卡.

**替換
單字**

作品／碰
sa.ku.hi.n.ni. / sa.wa.tte.

作品に／触って

沙.枯.喝伊.恩.尼.／沙.哇.へ貼.

裡面／進入
na.ka.ni. / ha.i.tte.

中に／入って

那.卡.尼.／哈.伊.へ貼.

鋼琴／彈奏
pi.a.no.o. / hi.i.te.

ピアノを／弾いて

披.阿.諾.歐.／喝伊.～.貼.

鞋子／脫掉
ku.tsu.o. / nu.i.de.

靴を／脱いで

枯.豬.歐.／奴.伊.爹.

早中晚共 CHECK 三次　Check ❶○　Check ❷○　Check ❸○　您就是旅日達人！

223

Have a nice trip!

15・ 我想＋○○。

Track 53

ta.i.de.su.
○○＋たいです。
它．伊．爹．酥．

🔊 實用例句

我想吃。

ta.be.ta.i.de.su.
☐ 食べたいです。
它．貝．它．伊．爹．酥．

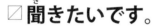

我想聽。

ki.ki.ta.i.de.su.
☐ 聞きたいです。
克伊．克伊．它．伊．爹．酥．

替換單字

游泳 o.yo.gi. 泳ぎ 歐．悠．哥伊．	看 mi. 見 咪．	買 ka.i. 買い 卡．伊．	搭 no.ri. 乗り 諾．里．
去 i.ki. 行き 伊．克伊．	變瘦 ya.se. 痩せ 呀．誰．	變胖 fu.to.ri. 太り 夫．偷．里．	休息 ya.su.mi. 休み 呀．酥．咪．

早中晚共 CHECK 三次　Check ❶○　Check ❷○　Check ❸○　您就是旅日達人！

勉強を楽しむ
Have a nice trip!
旅に行こう！

16・我想到＋○○・

Track 54

○○＋まで行きたいです。
ma.de.i.ki.ta.i.de.su.

媽.爹.伊.克伊.它.伊.爹.酥.

實用例句

想到澀谷車站。

□ 渋谷駅まで行きたいです。
しぶ や えき い
shi.bu.ya.e.ki.ma.de.i.ki.ta.i.de.su.

西.布.呀.耶.克伊.媽.爹.伊.克伊.它.伊.爹.酥.

我想到新宿。

□ 新宿まで行きたいです。
しんじゅく い
shi.n.ju.ku.ma.de.i.ki.ta.i.de.su.

西.恩.啾.枯.媽.爹.伊.克伊.它.伊.爹.酥.

替換單字

最近的車站
mo.yo.ri.e.ki.
最寄り駅
もよ えき
某.悠.里.耶.克伊.

成田機場
na.ri.ta.ku.u.ko.o.
成田空港
なり た くうこう
那.里.它.枯.～.寇.～.

橫濱
yo.ko.ha.ma.
横浜
よこはま
悠.寇.哈.媽.

原宿
ha.ra.ju.ku.
原宿
はらじゅく
哈.拉.啾.枯.

青山
a.o.ya.ma.
青山
あおやま
阿.歐.呀.媽.

惠比壽
e.bi.su.
恵比寿
え び す
耶.逼.酥.

早中晚共 CHECK 三次　Check ❶○　Check ❷○　Check ❸○　您就是旅日達人！

225

17・ 我在找＋○○。　Track 55

○○＋を探<ruby>探<rt>さが</rt></ruby>しています。
o.sa.ga.shi.te.i.ma.su.
歐.沙.嘎.西.貼.伊.媽.酥.

◖ 實用例句

我在找裙子。

□ スカートを探しています。
su.ka.a.to.o.sa.ga.shi.te.i.ma.su.
酥.卡.～.偷.歐.沙.嘎.西.貼.伊.媽.酥.

我在找雨傘。

□ 傘<rt>かさ</rt>を探<rt>さが</rt>しています。
ka.sa.o.sa.ga.shi.te.i.ma.su.
卡.沙.歐.沙.嘎.西.貼.伊.媽.酥.

替換單字

膠帶	筆盒	活頁資料夾	皮帶
se.ro.ha.n.te.e.pu.	fu.de.ba.ko.	ba.i.n.da.a.	be.ru.to.
セロハンテープ	筆箱<rt>ふでばこ</rt>	バインダー	ベルト
誰.摟.哈.恩.貼.～.撲.	夫.爹.拔.寇.	拔.伊.恩.答.～.	貝.魯.偷.

圍巾	洗髮精	潤絲精	護髮乳
ma.fu.ra.a.	sha.n.pu.u.	ri.n.su.	ko.n.di.sho.na.a.
マフラー	シャンプー	リンス	コンディショナー
媽.夫.拉.～.	蝦.恩.撲.～.	里.恩.酥.	寇.恩.低.休.那.～.

早中晚共 CHECK 三次　Check ❶○　Check ❷○　Check ❸○　您就是旅日達人！

勉強を楽しむ

Have a nice trip!

旅に行こう！

18・太＋○○・

Track **56**

❾

su.gi.ma.su.

○○＋すぎます。

酥.哥伊.媽.酥.

實用例句

太貴。

ta.ka.su.gi.ma.su.

▱ **高_{たか}すぎます。**

它.卡.酥.哥伊.媽.酥.

太大。

o.o.ki.su.gi.ma.su.

▱ **大_{おお}きすぎます。**

歐.～.克伊.酥.哥伊.媽.酥.

替換單字

少 su.ku.na. **少_{すく}な** 酥.枯.那.	小 chi.i.sa. **小_{ちい}さ** 七.～.沙.	薄 u.su. **薄_{うす}** 烏.酥.	快 ha.ya. **速_{はや}** 哈.呀.
難 mu.zu.ka.shi. **難_{むずか}し** 母.茲.卡.西.	重 o.mo. **重_{おも}** 歐.某.	硬 ka.ta. **固_{かた}** 卡.它.	美 u.tsu.ku.shi. **美_{うつく}し** 烏.豬.枯.西.

早中晚共 CHECK 三次　　Check ❶○　　Check ❷○　　Check ❸○　　您就是旅日達人！

19・喜歡＋○○。

Track 57

ga.su.ki.de.su.
○○＋が好きです。
嘎.酥.克伊.爹.酥.

實用例句

喜歡漫畫。

ma.n.ga.ga.su.ki.de.su.
☐ **マンガが好きです。**
媽.恩.嘎.嘎.酥.克伊.爹.酥.

喜歡電玩。

ge.e.mu.ga.su.ki.de.su.
☐ **ゲームが好きです。**
給.～.母.嘎.酥.克伊.爹.酥.

 替換單字

爬山 to.za.n. **登山** 偷.雜.恩.	釣魚 tsu.ri. **つり** 豬.里.	兜風 do.ra.i.bu. **ドライブ** 都.拉.伊.布.	足球 sa.kka.a. **サッカー** 沙.ㄟ卡.～.
高爾夫球 go.ru.fu. **ゴルフ** 勾.魯.夫.	演歌 e.n.ka. **演歌** 耶.恩.卡.	爵士樂 ja.zu. **ジャズ** 甲.茲.	小說 sho.o.se.tsu. **小説** 休.～.誰.豬.

早中晚共 CHECK 三次　Check ❶○　Check ❷○　Check ❸○　您就是旅日達人！

20・對＋○○＋有興趣。

Track 58

ni.kyo.o.mi.ga.a.ri.ma.su.

○○＋に興味があります。

尼.卡悠.～.咪.嘎.阿.里.媽.酥.

❾

實用例句

對音樂有興趣。
o.n.ga.ku.ni.kyo.o.mi.ga.ari.ma.su.

☑ 音楽に興味があります。
おんがく　きょう み

歐.恩.嘎.枯.尼.卡悠.～.咪.嘎.阿.里.媽.酥.

對歷史有興趣。
re.ki.shi.ni.kyo.o.mi.ga.ari.ma.su.

☑ 歴史に興味があります。
れき し　きょう み

累.克伊.西.尼.卡悠.～.咪.嘎阿.里.媽.酥.

替換單字

政治 se.e.ji. 政治 せい じ 誰.～.基.	經濟 ke.e.za.i. 経済 けいざい 克耶.～.雜.伊.	藝術 ge.e.ju.tsu. 芸術 げいじゅつ 給.～.啾.豬.
花道 ka.do.o. 華道 か どう 卡.都.～.	茶道 sa.do.o. 茶道 さ どう 沙.都.～.	戲劇 shi.ba.i. 芝居 しば い 西.拔.伊.

早中晚共 CHECK 三次　Check ❶○　Check ❷○　Check ❸○　您就是旅日達人！

21・我把＋○○＋弄丟了。

o.na.ku.shi.ma.shi.ta.

○○＋をなくしました。
歐.那.枯.西.媽.西.它.

實用例句

我把相機弄丟了。

ka.me.ra.o.na.ku.shi.ma.shi.ta.

☑ **カメラをなくしました。**
卡.妹.拉.歐.那.枯.西.媽.西.它.

我把票弄丟了。

chi.ke.tto.o.na.ku.shi.ma.shi.ta.

☑ **チケットをなくしました。**
七.克耶.〜偷.歐.那.枯.西.媽.西.它.

替換單字

戒指 yu.bi.wa. **指輪** 尤.逼.哇.	信用卡 (ku.re.ji.tto).ka.a.do. **(クレジット) カード** (枯.累.基.〜偷).卡.〜.都.	眼鏡 me.ga.ne. **眼鏡** 妹.嘎.內.
手錶 u.de.do.ke.e. **腕時計** 烏.爹.都.克耶.〜.	身分證 mi.bu.n.sho.o.me.e.sho. **身分証明書** 咪.布.恩.休.〜.妹.〜.休.	護照 pa.su.po.o.to. **パスポート** 趴.酥.剖.〜.偷.

10 ●•• 附錄

1 · 日本各大慶典

1 京都／祇園祭／7月

kyo.o.to ／ gi.o.n.ma.tsu.ri ／ shi.chi.ga.tsu

京都／祇園祭／7月

2 大阪／天神祭／7月

o.o.sa.ka ／ te.n.ji.n.ma.tsu.ri ／ shi.chi.ga.tsu

大阪／天神 祭 ／7月

3 徳島／阿波舞／8月

to.ku.shi.ma ／ a.wa.o.do.ri ／ ha.chi.ga.tsu

徳島／阿波踊り／8月

4 札幌／雪祭／2月

sa.ppo.ro ／ yu.ki.ma.tsu.ri ／ ni.ga.tsu

札幌／雪祭り／2月

早中晚共 CHECK 三次　Check **1**○　Check **2**○　Check **3**○　您就是旅日達人！

5 青森／燈籠祭／8月

a.o.mo.ri ／ ne.bu.ta.ma.tsu.ri ／ ha.chi.ga.tsu

青森／ねぶた祭／8月

6 秋田／竿燈祭／8月

a.ki.ta ／ ka.n.to.o.ma.tsu.ri ／ ha.chi.ga.tsu

秋田／竿灯祭／8月

7 仙台／七夕祭／8月

se.n.da.i ／ ta.na.ba.ta.ma.tsu.ri ／ ha.chi.ga.tsu

仙台／七夕祭り／8月

8 東京／神田祭／5月

to.o.kyo.o ／ ka.n.da.ma.tsu.ri ／ go.ga.tsu

東京／神田祭／5月

今天看書，明天出發！
去日本趴趴走
的
日語帳

【漫遊日語 1】

發行人 ● 林德勝

著者 ● 上原小百合

出版發行 ● 山田社文化事業有限公司
臺北市大安區安和路一段112巷17號7樓
電話 02-2755-7622
傳真 02-2700-1887

郵政劃撥 ● 19867160號　　大原文化事業有限公司

總經銷 ● 聯合發行股份有限公司
新北市新店區寶橋路235巷6弄6號2樓
電話 02-2917-8022
傳真 02-2915-6275

印刷 ● 上鎰數位科技印刷有限公司
法律顧問 ● 林長振法律事務所　林長振律師
書＋CD ● 定價　新台幣249元
初版 ● 2015年4月

© ISBN：978-986-246-416-8
2015, Shan Tian She Culture Co. , Ltd.